Martina Volnhals

Band aus Licht
Geschichten aus Ahrcárra

High Fantasy Kurzgeschichten / Kurzroman

AF284961

Erste Auflage
Dieser Titel ist als Taschenbuch und Ebook erschienen.
Herstellung und Verlag:
BoD – Books on Demand, Norderstedt

Copyright © 2023 Martina Volnhals
www.martinavolnhals.de

Martina Volnhals
c/o Fakriro GbR / Impressumsservice
Bodenfeldstr. 9
91438 Bad Windsheim

Lektorat und Korrektorat: Bjela Schwenk

Coverdesign und Umschlaggestaltung: Florin Sayer-Gabor -
www.100covers4you.com
Unter Verwendung von Grafiken von Adobe Stock: Tetiana,
sunafe

Kartengestaltung: Martina Volnhals
Unter Verwendung von Floating Islands by »Kid Inkarus«
https://www.cartographyassets.com/assets/floating-islands.292/

Kapitelzierden: Martina Volnhals

ISBN: 978-3-75190-243-4

Martina Volnhals

BAND AUS LICHT
GESCHICHTEN AUS AHRCÁRRA

Nháth Erad Ún

Alles ist verbunden

- Lebensweisheit der ersten Einwohner Ahrcárras -

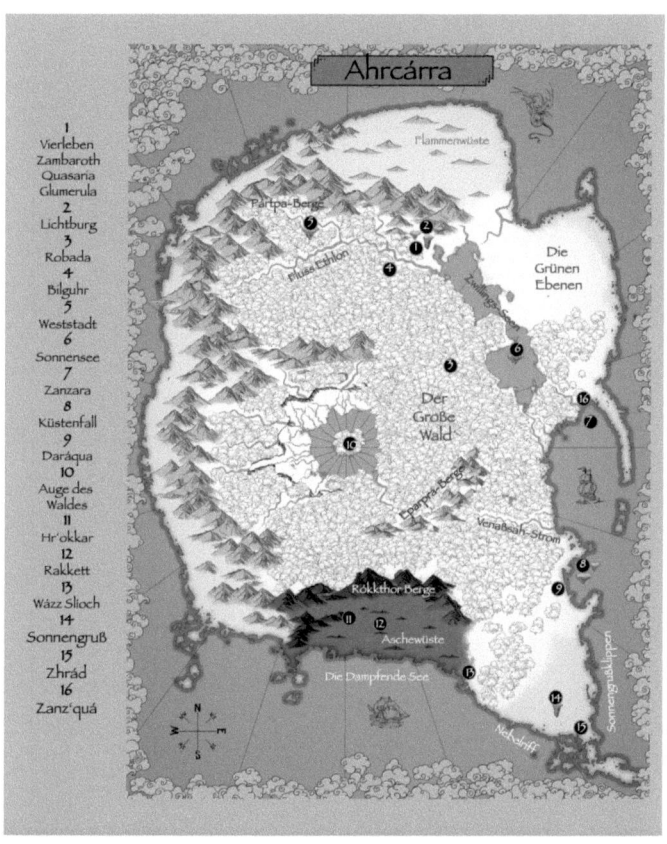

UNERWARTETE FREIHEIT

Die Zimmertür schlug ins Schloss. Nejhalania fuhr erschrocken zusammen. Sofort senkte sie ihren Blick wieder auf das zerlesene Buch voller Gleichungen. Der sommerlich klare Himmel und das Getümmel vor ihrem Fenster hatten sie nur wenige Sekunden abgelenkt, sicher fand ihre Großmutter keinen Grund, um wütend auf sie zu werden. Trotzdem steckte sie die Nase noch etwas tiefer ins Buch. Nur zur Sicherheit.

Die über den Marmor klackernden Schritte Donna Herbstregens näherten sich. Nejhalania fühlte einen sachten Luftzug in den Federspitzen ihrer Schwingen, die sie bequem hinter der schmalen Stuhllehne überkreuzt hatte.

Donna räusperte sich, und das Geräusch hallte durch Nejhalanias Studierzimmer bis hinauf zur bemalten Decke. Obwohl sie diese Etage im Wohn-

turm der Herbstwinds schon beinahe ihr ganzes Leben, seit dem Tod ihrer Eltern, bewohnte und sich seit dem Auszug des Kindermädchens bemüht hatte, den Räumlichkeiten mit wallenden Stoffen und dunklen Regalen etwas Wärme und Gemütlichkeit zu verleihen, blieb das einzig Heimelige das prasselnde Feuer im offenen Kamin. Die Kühle in ihrem Zuhause kam nicht nur von Donnas Flügelschlagen. Eigentlich störte das Nejhalania nicht einmal, aber jedes Mal, nachdem sie Besuch empfangen hatte, machten Gerüchte die Runde; über ihre distanzierte Art und die unpersönliche Einrichtung ihres Zuhauses. Und das, obwohl sie sich redlich Mühe gab, ihren Platz in der Gesellschaft Lichtburgs einzunehmen! Irgendwann wollte sie schließlich Donnas Erbe als Abgeordnete antreten können.

Leider war Donna als Vorbild für Herzlichkeit und Verbundenheit gänzlich ungeeignet; Nejhalania musste diesbezüglich ihren eigenen Weg finden, wenn sie die politischen Intrigen ihrer Großmutter in Zukunft nicht weiterspielen wollte.

»Was tust du da, Kind?«

Nejhalania richtete sich auf. Die Anrede ließ sie die Lippen aufeinanderpressen, aber sie sagte nichts. Das wäre sinnlos gewesen und hätte nur zu einem Wutanfall ihrer Großmutter geführt, die es nicht gewohnt war, dass ihr widersprochen wurde. Trotzdem ärgerte es Nejhalania, so angesprochen zu werden. Sie war schon lange kein Kind mehr, auch wenn sie vor der Gesellschaft erst nach ihrem Ausscheiden aus der Universität als volljährig angesehen werden würde. Und bereits jetzt stand es ihr eigentlich zu, von ihrer Großmutter mit ihrem Titel angesprochen zu werden. Doch das würde sie vermutlich erst tun, wenn Nejhalania endlich eine Magistra wäre und sie damit gesellschaftlich über Donna stand.

»Ich wiederhole die Grundlagen, Großmutter.« Sie schlug das Buch zu. Mathematische Modelle für großflächige Wettermanipulation – Band 2: Ursache und Wirkung, von Sera Grauflügel stand auf dem Ledereinband.

»Du lernst? An einem Tag wie heute?«

Natürlich tat sie das. Was sollte sie sonst tun? Die Prüfung zur Magistra fand in nicht einmal mehr ganz einem Jahr statt. Nejhalania wandte sich zu ihrer Großmutter um. »Wieso sollte ich nicht lernen?« Alles andere würde Donna normalerweise mindestens genauso verurteilen.

»Heute ist der Tag des Gründungsfestes in Vierleben. Ich dachte, du würdest vielleicht dorthin fliegen wollen.« Etwas Berechnendes lag in ihrer Stimme. Nejhalania musterte sie. Wie immer trug ihre Großmutter die ergrauten Schwingen eng an den Rücken gepresst und das Haar zu ei-

nem strengen Knoten gesteckt. Ihr cremefarbener Talar floss makellos an ihrer schmalen Gestalt herab, und ihr Blick stach in ihren eigenen. Nejhalania wich ihm aus und sah zum Fenster.

Vielleicht war das ein Test, eine Falle?

Im Sitzen war die Hauptstadt Ahrcárras vom Fensterrahmen verborgen, aber bei klarem Wetter wie heute konnte man, wenn man stand, das Treiben auf dem Platz der Iustitia beobachten. Nur zu gerne hätte sie einen Blick riskiert, wagte es in Donnas Anwesenheit aber nicht.

»Ich … ich soll den Jahrmarkt besuchen?« Schon allein bei dem Gedanken daran roch sie die kandierten Äpfel, Musik erklang in ihrem Geist, und sie sah sich selbst ausgelassen tanzen. Beinahe hätte sie bei der Vorstellung laut geschnaubt. Für alberne Träumereien hatte sie keine Zeit.

»So kurz vor der wichtigsten Prüfung meines Lebens? Ich glaube, das ist keine gute Idee.« Das Papier der Seite, an deren Rand sie unbewusst entlanggefahren war, schnitt in ihre Fingerkuppe. Sie verkniff es sich, den Finger in den Mund zu stecken oder auch nur auf den Schnitt zu sehen, auch wenn er brannte, als hätte sie in eine Flamme gefasst.

»Unsinn!«, donnerte Donna und riss das Fenster auf. Frische Luft strömte in Nejhalanias Studierzimmer, ließ Papier rascheln und brachte den

Duft nach Frühling und das Lachen der vorbei-
fliegenden Passanten mit sich. Ihr Wohnturm lag
in den Außenbezirken Lichtburgs; eigentlich
nicht das beste Viertel der Stadt, aber das Gebäude war ein alter Familiensitz der Herbstwinds,
den Donna nach dem Tod ihres Gatten aufwendig
restaurieren und ausstatten hatte lassen.»Du solltest dir eine Pause gönnen und dir einen freien
Tag nehmen.« Auch in diesen Worten lag keinerlei Wärme.

Nejhalanias Gedanken rasten. Was plante ihre
Großmutter, das ihre Anwesenheit auf dem Fest
verlangte? Wollte sie sie vielleicht nur loswerden?
Um was zu tun? Um ein geheimes Treffen abzuhalten? Mit einem anderen Mitglied der Lichtgruppe, für eine inoffizielle Absprache? Mit einem
Liebhaber?

Vielleicht war Donna aber auch krank. Nejhalania musterte sie aufmerksam. Ihre Haut strahlte
rosig, und ihre Augen funkelten, nein, das konnte
es nicht sein. Nejhalania fühlte sich wie ein Spatz
im Angesicht des Falken. Aber im Gegensatz zu
dem kleinen unbedeutenden Vogel durfte sie sich
ihre Schwäche nicht anmerken lassen, also hob sie
das Kinn und erwiderte Donnas berechnenden
Blick.

»Meinst du das ernst, Großmutter?« Sofort bereute sie ihre Worte, doch Donna reagierte nur mit einem freudlosen Kichern.

»Natürlich, Kind. Stell nicht so dumme Fragen.«

Das Gefieder in Nejhalanias Rücken sträubte sich, als Donnas Stimme schärfer wurde. »Wieso sollte ich es denn nicht ernst meinen?«

Weil sie sich bisher jede Freiheit nur hinter Donnas Rücken erlauben hatte dürfen, dachte Nejhalania. Und weil bisher jede Freiheit, die Donna ihr gewährte, ihren Preis gehabt hatte. Aber sie sprach ihre Gedanken nicht aus, und Donna trat einen Schritt vom Schreibtisch zurück und bedeutete Nejhalania mit der Schwinge aufzustehen.

Nejhalania erhob sich und legte die Flügel ebenso elegant und eng an, wie Donna sie trug. Erst jetzt bemerkte sie das armlange hölzerne Kästchen in den Händen ihrer Großmutter.

»Und damit du auf deinem kleinen Ausflug auch aussiehst wie eine würdige Lichtburgerin, wirst du dieses erlesene Schmuckstück tragen.« Donna klappte das Kästchen auf.

Sonnenstrahlen fingen sich in dem Collier. Wie ein Band aus purem Licht lag es auf dem dunklen Samt. Unzählige meisterlich geschliffene Diamanten, in Weißgold zu einem Blitz gefasst, warfen Re-

flexionen an die Wände. Sicherlich ein Meister-
werk der Handwerkskunst, das andere in schieres
Verzücken versetzt hätte. Das also war der Preis
für ihren freien Tag.

Nejhalania verkniff es sich, die Augen zu verdrehen. »Ist das aus der neuen Kollektion?«

»Ja, Kind. Das teuerste Stück. Meine Gold-
schmiede haben sich selbst übertroffen, findest du
nicht?«

»Sie haben sich damit auf jeden Fall ein unüber-
sehbares Denkmal geschaffen.«

»Unübersehbar fürwahr. Es spiegelt unseren
naturgegebenen Stand in der Welt wider. Über
allem im Licht.« Donna legte das Kästchen auf
Nejhalanias Buch ab und hob das Schmuckstück
bedächtig heraus. In ihren schmalen Händen und
neben dem goldenen Ring, dem Symbol ihres Be-
sitzes und Standes, wirkte das Collier tatsächlich
alles andere als fehl am Platz. Sie hob es Nejhalania
entgegen.

Die wagte, etwas zurückzuweichen. »Bist du sicher, dass ich so ein wertvolles Stück in Vierleben
tragen sollte? Wird mich eine Wache begleiten?«

»Du bist eine Lauda des Himmelsvolkes, Kind.
Fürchtest du dich etwa vor Magielosen und Bodengebundenen?«

Natürlich tat sie das nicht. Nejhalania straffte
die Flügel und trat auf Donna zu. Sie reckte den

Hals, sodass diese ihr den Blitz aus Diamanten und Weißgold umlegen konnte. Eisig presste sich das Metall gegen ihre Haut. Die Spitze des Blitzes kratzte, und das Gewicht drückte unangenehm auf ihre Schlüsselbeine. Nejhalania trat von Donna zurück. Die musterte sie mit einem kühlen Lächeln. Dann klatschte sie in die Hände. »Sanna«, rief sie, und die untersetzte Dienerin trat aus dem Schatten einer der marmornen Säulen.

»Kleide meine Enkelin mit den von mir gewählten Kleidern ein. Ich habe ihre Garderobe auf den Schmuck abgestimmt. Und steck ihr Haar ordentlich hoch, damit man das Collier gut sieht.« Donna streckte die Hand aus und steckte Nejhalania mit gekräuselter Nase eine verirrte Haarsträhne zurück in die Frisur.

»Sehr wohl, Lauda Herbstregen.« Die Dienerin nickte mit zu Boden gesenktem Blick.

Nejhalania wartete, bis ihre Großmutter aus dem Studierzimmer gerauscht war, und zupfte die Haarsträhne dann wieder hervor. Dann erst folgte sie Sanna in das angrenzende Schlafgemach.

»Wünscht ihr eine Frisur, wie sie Lauda Herbstregen trägt, oder … etwas anderes?«, fragte Sanna nach einem Kontrollblick auf die geschlossene Tür.

Nejhalania ließ sich vor ihrem Frisiertisch nieder und rümpfte beim Anblick der Kleidungsstücke, die auf ihrem Bett bereitlagen, die Nase. Der Talar mit den Perlenstickereien natürlich. Das fliederfarbene Ungetüm war dermaßen schwer, dass sie kaum damit fliegen konnte, aber Nejhalania stand keinesfalls der Sinn danach, für den kurzen Flug in die Hauptstadt die Sänfte zu nehmen. Sie faltete die Flügel locker im Rücken und seufzte. »Lauda Herbstregen wird wohl nicht mit hinunter in die Stadt kommen, vermute ich.« Sie lächelte der älteren Dienerin zu.

Die erwiderte das Lächeln und nahm die silberne Bürste zur Hand. »Dann wie immer?«

Nejhalania nickte, gleichzeitig öffnete sie ihr Schmuckkästchen und kramte das Armband ihrer Mutter hervor. Die zwei silbernen Federn schmiegten sich warm um ihr Handgelenk. Ein schlichtes Schmuckstück, das sie jedem anderen vorziehen würde. Leider war Donna nicht gut auf ihre Tochter zu sprechen, darum trug Nejhalania es nur heimlich, versteckt unter den weiten Ärmeln ihres Talars.

Nicht zum ersten Mal musste sie als Modell für die Kreationen ihrer Großmutter herhalten, und wie jedes Mal würde sie das Kinn hochhalten und den pompösen Schmuck ins rechte Licht rücken. Wieder glaubte Nejhalania, den Duft kandierter Äpfel zu riechen. Ein wenig Schaulaufen war immerhin ein geringer Preis für einen Ausflug auf den Jahrmarkt.

NUR EINE SEKUNDE

Ganze Massen schoben sich über den Platz der Iustitia. Nur vereinzelt blitzten Teile des großflächigen Mosaiks auf dem Boden zwischen ihren Füßen auf. Dort, am Eingang der in den Berg geschlagenen Ratshalle, glänzten sonst die Runensymbole der vier Völker Ahrcárras, gelegt aus bunten Granitscherben, in der Morgensonne. Holzbuden, Tische und Decken bildeten Gassen wie normalerweise nur an den Markttagen. Musik trieb zu Nejhalania hinauf, zusammen mit dem Duft nach süßen Kuchen und Geräuchertem. Heute zeigte sich Vierleben, die Hauptstadt Ahrcárras, ausnahmsweise einmal genauso bunt, wie es die Gründer wohl vor 387 Jahren geplant hatten.

Nejhalania neigte die Flügel und ging tiefer. Am bestickten Wolkentuch und dem goldenen Blitzen von Kostbarkeiten erkannte sie die Elite

Lichtburgs, die sich an einem Tag wie diesem auf den Boden zum Pöbel wagte, um dem Fest beizuwohnen und dem immer gleichen Trott in der Stadt der Türme für einige Stunden zu entfliehen. Sie schoben sich ebenso durch die Gassen wie die großen, breit gebauten Erdmenschen in ihren grünen Tuniken. Blau schimmernde Haut ließ die Angehörigen des Wasservolkes aus der Menge herausstechen. Die Heilenden unter ihnen trugen wuchtige Holzkästen bei sich, und einige hatten sogar lange Äste mit blauen Fähnchen daran befestigt, um leichter erkannt zu werden. Zwischen all diesen groß gewachsenen Bodengebundenen leuchteten immer wieder deutlich kleinere Rotschöpfe hervor. Feuerzwerge, natürlich ließen auch die sich den Festtag nicht entgehen.

Nejhalania flog eine Schleife. Sogar die Luft über dem Platz war gut bevölkert, und immer wieder musste sie fremden Schwingen ausweichen.

Bereits nach dem kurzen Flug stand ihr der Schweiß auf der Stirn: Der perlenbesetzte Talar ließ ihre Flügel schneller als sonst ermüden. Endlich fand sie, was sie suchte – ein Paar nachtblauer Schwingen. Nejhalania landete in einer Straße in der Nähe, die genügend Platz dazu bot, und faltete die Flügel unter ihrem Talar. Der bestickte Stoff bauschte sich in einem angenehm kühlen Luftzug, und sie lief mit ausgreifenden Schritten zurück zum Fest.

»Die Wetterwacht drückt sich wohl vor ihren Pflichten.«

Inera und Jonos fuhren herum, als Nejhalania an sie herantrat.

»Lauda Winterwind, was für eine Überraschung«, flötete Inera und neigte den Kopf in einer angedeuteten Verbeugung. Dabei glänzte das Sonnenlicht in ihrem goldenen Haar und ließ ihre helle Haut erstrahlen. Ihre Sommersprossen hatte sie dezent übermalt, wie immer.

Nejhalania erwiderte die Geste und trat neben Jonos, der sich ebenfalls verneigte. Sein dunkelgrauer Talar betonte seine breiten Schultern und sein kurzes Haar fiel ihm bei der Bewegung in die Stirn. Nejhalania mochte es, wenn er es wie vom Flugwind zerzaust trug und musste den Drang, es zu berühren, niederringen.

»Eine sehr angenehme Überraschung«, flüsterte er ihr zu.

Sie bedachte ihn mit einem strengen Blick, um ihn daran zu erinnern, vorsichtig zu sein. Jonos Lächeln wurde nur noch breiter.

»Honora Himmelblau und Honor Wetterwacht, wie kann es sein, dass zwei so hochrangige Wetterwirker ihre Zeit auf einem kleinbürgerlichen Fest vergeuden? Und das nur Wochen, bevor

die Sommerhitze die Bewohner der Grünen Ebenen nach Regen lechzen lassen wird.« Nejhalania verschränkte die Arme in gespielter Strenge vor der Brust.

»Hochrangig, sagt sie.« Inera lachte und schlug einmal mit den braungemusterten Schwingen, dass sich ihr Seidentalar bauschte. »Wir sind nur zwei kleine Vögelchen in einem großen Schwarm. Unsere Berechnungen fliegen uns schon nicht davon …«

Jonos betrachtete währenddessen das Treiben um sie herum, als ginge ihn das Gespräch nichts an. Nejhalania spürte einen Stich. Er hatte es wohl immer noch nicht überwunden, die Prüfung zum Lauder vor zwei Jahren nicht bestanden zu haben.

»Wobei Jonos wohl in den nächsten Wochen mit einer Beförderung rechnen darf«, sagte Inera, bevor Nejhalania ein paar tröstende Worte einfielen. »Dann ist er Windführer Wetterwacht. Kling doch recht ansehnlich, nicht?« Sie blinzelte ihm zu.

»Wirklich?« Nejhalania strahlte ihn an. Das waren tatsächlich gute Neuigkeiten. Der Schatten auf seinem Gesicht lichtete sich, und das Lächeln kehrte zurück.

Er nickte. »Es scheint so. Der Älteste Ren Regen war zuletzt recht zufrieden mit meinen Plänen für die nächste Sturmsaison.«

»Herzlichen Glückwunsch, Jonos. Das ist ja ganz wunderbar.«

Als Höhergestellte war es an Nejhalania, in das vertraulichere Du zu wechseln, indem sie die höfliche Konversation für beendet erklärte und in freundschaftliches Geplauder überging. »Und was ist mit dir, Inera? Gibt es bei dir auch solch großartige Nachrichten?« Nejhalania sah ihre ehemaligen Kommilitonen nicht häufig, seit beide das Studium vorzeitig beendet und sich den Wetterwirkern angeschlossen hatten.

Inera winkte ab. »Nein, aber das macht nichts. Ich fühle mich sehr wohl als Windruferin. Eine gute Position, die mir genug Luft lässt für anderes.«

Jonos deutete mit dem Flügel die Stände entlang, zwischen denen sich die Massen drängten, und sie setzten sich in Bewegung. Die Bodengebundenen und andere Himmelsmenschen wichen ihnen aus, und so konnten sie bequem nebeneinander herschlendern.

»Das klingt nicht besonders lichtburgerisch, Inera«, neckte Jonos sie.

Nejhalania lächelte ihr zu. »Nun, solange du zufrieden bist.« Das Collier schnitt ihr in die Haut, und sie hob es möglichst unauffällig an, um sich zumindest kurz Erleichterung zu verschaffen. Wie schön könnte dieser Vormittag sein, wenn sie

dieses Ding nicht mit sich herumschleppen müsste …

Inera kicherte. »Das bin ich, das bin ich.« Sie kaufte sich im Vorbeigehen an einer Theke ein Rosinenbrötchen und zupfte immer wieder Stücke heraus. In der Zwischenzeit hielt Nejhalania Ausschau nach kandierten Äpfeln. Zumindest bis ein Luftzug ihre Aufmerksamkeit auf sich zog. Jonos deutete mit dem Flügel auf ein Podest, an dem Wassermenschen einen Fisch ausstellten. An dessen Kopfende ragte ein meterlanger Dorn heraus, und das gesamte, mit blauschillernden Schuppen bedeckte Tier war größer als Nejhalanias Flügelspannweite.

Nur wenige Schritte weiter führte eine Gruppe bartloser Zwerge einen ruppigen Tanz auf: Einer von ihnen spielte auf einer Trommel, und zu jedem Schlag hüpften sie über ein Feuer. »Denkst du, das sind Feuermagier?«, fragte er, ohne den Blick von dem Spektakel abzuwenden.

»Falls nein, hoffe ich ihre Hosen sind zumindest feuerfest«, antwortete Nejhalania grinsend. »Und falls ja, ist dieses Schauspiel deutlich weniger imposant, als es auf den ersten Blick wirkt.«

An einem Blumenstand, in dem es vor Bienen und Käfern nur so summte, kaufte Jonos eine goldgelbe Rose. Bevor er sie ihr überreichen konnte, drehte sie sich geschickt weg, sodass er sich plötzlich Inera gegenübersah. Die nahm ihm die Blume überschwänglich dankend aus den Händen und steckte sie sich ins Haar. Jonos warf Nejhalania in Ineras Rücken einen enttäuschten Blick zu, sie aber zuckte zur Antwort nur mit den Flügeln. Er musste doch wissen, dass sie sich keine Gerüchte über ihr Liebesleben leisten konnte? Vor allem nicht, wenn die Gefahr bestand, dass der Tratsch am Ende bis zu Donnas Ohren vordrang. Um ihn nicht weiter zu ermutigen, wechselte Nejhalania die Seite, sodass Inera nun in der Mitte ging.

Sie passierten eine kleine Bühne, auf der eine Theatergruppe des Erdvolkes die Gründungsgeschichte der Stadt wiedergab, und verharrten dort eine Weile. Etwas weiter boten Feuerschlucker eine Darbietung. Funken flogen, und eine Hitzewelle nach der anderen trieb sie schließlich weiter. Keiner von ihnen wollte sich die Federn ansengen lassen. An jeder Ecke wurden beschwingte Lieder gespielt, zu denen getanzt wurde. Sogar die Statue der Göttin Iustitia war mit bunten Wimpeln geschmückt worden. Nejhalania genoss die Unbeschwertheit des Vormittags so sehr, dass sie es wagte, die Schwingen weniger eng am Rücken zu tragen, obwohl ihnen die Blicke der anderen folgten. Vor allem die der anderen Lichtburger. Bewundernde, neidende Blicke, und von den anderen

Völker auch hasserfüllte. Nichts, das Nejhalania nicht gewohnt war, und nichts, auf das sie nicht hätte verzichten können. Ebenso wie auf das ständige Scheuern des Weißgoldes an ihrem Hals und das Gewicht nutzloser Perlen auf ihren Schultern und Flügeln.

Inera steckte sich das letzte Stück des Brötchens in den Mund und tupfte sich mit der Serviette die Lippen ab, bevor sie diese zu Boden fallen ließ. »Ich muss sagen, Nejhalania, du siehst heute ganz wundervoll aus. Du strahlst richtiggehend. Und das fällt wohl nicht nur mir auf.« Sie deutete mit der Flügelspitze in die Menge, von wo unzählige Augenpaare immer wieder in ihre Richtung starrten. Vereinzelte Gesprächsfetzen wehten zu ihnen herüber, und Nejhalania hörte immer wieder die Worte: »Herbstregen«, »Kollektion« und auch ihren eigenen Namen heraus.

»Das ist nur dieses Collier.« Sie verdrehte die Augen und kratzte sich unter dem schweren Ding am Hals.

Mit schiefgelegtem Kopf musterte Inera das Schmuckstück. »Ist das etwa wirklich aus der nächsten Herbstregen-Kollektion?«

Nejhalania nickte.

Inera stieß einen Pfiff aus. »Einfach atemberaubend … das ist wohl der größte Nachteil an meiner aktuellen Position. So etwas Schönes werde ich mir niemals leisten können.«

»Nun, ich kann dir sagen, dass dieses Ding ganz fürchterlich auf der Haut scheuert, falls dich das tröstet.« Noch einmal fuhr Nejhalania mit dem Zeigefinger unter die Kette und rieb sich eine Stelle, die bereits aufgescheuert war.

»Trotzdem.« Ein verträumter Ausdruck erschien in Ineras Gesicht.

Nejhalania presste die Lippen zusammen. »Möchtest du es tragen?«

Ineras Augen wurden groß. »Meinst du das ernst?«

Einen Moment zögerte Nejhalania, aber es gab keinen triftigen Grund, warum nicht Inera mit dem Schmuckstück schaulaufen sollte. »Lass uns auch die Talare tauschen, dann kannst du dich zur Abwechslung mal den neidenden Blicken stellen. Ich bin es leid wegen Donnas Status ständig angestarrt zu werden.«

Inera blickte unwillkürlich um sich. »Kein Scherz?«

»Nein. Lass mich einen Tag Windruferin und Honora sein.« Noch während sie es aussprach, spürte Nejhalania, wie sich ein Gewicht von ihrer Brust hob. Wie leicht sich Ineras Leben für sie anfühlte und wie erstrebenswert! Natürlich könnte sie selbst nie ihre hohe Position so einfach wie ei-

nen schweren Talar abstreifen und Windruferin
werden, genauso wenig wie Inera sie werden
konnte. Doch wenigstens heute konnten sie die
Rollen tauschen; nur einen leichten, unbeschwer-
ten Tag lang.

Ineras Augen leuchteten.

Mit dem Flügel bedeutete Nejhalania ihr, ihr zu
folgen, und nach einem weiteren Blick über die
Schultern huschten sie in eine Gasse hinter einige
Kisten. Nejhalania wandte Inera den Rücken zu
und versperrte ihr die Sicht zusätzlich durch ihre
schwarzen Schwingen. So abgeschirmt schlüpfte
sie aus dem Talar und reichte ihn Inera. Die nahm
ihn entgegen und hielt ihr dann ihren eigenen hin.
Nejhalania warf ihn sich über ihre enge Hose und
die rückenfreie Wickelbluse und schloss ihn mit
dem punzierten Ledergurt. Ihre Perlensandalen
passten nun nicht mehr zum Rest ihrer Garderobe, aber unter dem langen Mantel würde das ohnehin kaum einer bemerken.

Inera drehte sich, und der Talar aus Wolkentuch schwang ihr um die Beine. »Es ist so
schwer!«, rief sie aus. Offenbar störte sie sich nicht
an dem Gewicht, vermutlich weil sie es nicht jeden
Tag zu tragen hatte.

Nejhalania lächelte und hob die Hände an
den Verschluss des Colliers in ihrem Nacken.
Sie erwartete, eine Weile an dem Mechanismus

herumpfriemeln zu müssen, doch er sprang sofort auf. Das schwere Schmuckstück glitt von ihrem Hals, und Nejhalania seufzte erleichtert.

»Pass auf, dass der Verschluss richtig schließt. Er ist etwas leichtgängig.« Nejhalania reichte Inera das Collier. Die nahm es ehrfürchtig entgegen und legte es sich um. »Selbstverständlich«, hauchte sie und betastete die glänzenden Diamanten an ihrem Hals. »Wie sehe ich aus?«

Nejhalania lächelte ihr zu. »Es steht dir viel besser als mir.« Tatsächlich leuchteten die Edelsteine mit Ineras blondem Haar um die Wette. Sie strahlte wie ein Blitz, der die Nacht zerriss. »Und ich?«, fragte Nejhalania und zwinkerte Inera zu.

»Nahbarer als sonst«, antwortete diese und zwinkerte ihr ebenfalls zu.

»Braucht ihr noch lange?«, rief Jonos von der anderen Seite der Kisten.

Inera faltete die braunen Schwingen ordentlich in ihrem Rücken, hob die Nase in die Luft und stolzierte in seine Richtung. »Wir sind fertig!«, rief sie und verschwand aus Nejhalanias Sichtfeld.

Nejhalania strich über den Seidenstoff von Ineras Talar, der kaum weniger edel war als ihr eigener, sich auf ihren Schultern aber tausendmal leichter anfühlte, als das bestickte Wolkentuch es je könnte.

»Honora Winterwind. Ein schöner Traum.«
Jonos näherte sich mit halb geöffneten Schwingen.

Nejhalania presste ihre fest an den Rücken, um Jonos mit der Geste zu bremsen. »Wo ist Inera?«

»Zurück auf dem Fest. Sie sonnt sich in den Blicken der anderen.«

Die Anspannung wich aus ihren Schultern, und sie öffnete die Flügel ebenfalls ein Stück. Sie nickte Jonos zu. »Ja, nicht wahr? Es würde so vieles so viel einfacher machen.«

Er sagte nichts, tat den letzten Schritt auf sie zu, hob ihr Kinn an und küsste sie.

Nejhalania erwiderte den Kuss, aber nur kurz, dann drehte sie das Gesicht weg. »Jemand könnte uns sehen«, flüsterte sie.

»Wir sind allein.«

Nejhalania sah hoch zum Himmel und blickte die Gasse in beide Richtungen entlang. Erst dann erlaubte sie sich, sich Jonos wieder zuzuwenden. Sie zog ihn an sich, und er umschlang sie mit nachtblauen Schwingen. »In diesem Traum wären wir gleichgestellt«, hauchte er ihr ins Ohr.

Sein Duftwasser stieg ihr zu Kopf, und Nejhalania musste sich daran erinnern, dass sie mitten in der Stadt waren. »Ich kann die Zeit nicht zurückdrehen.«

»Ich weiß … Sie fliegt davon und treibt uns immer weiter auseinander. Nächstes Jahr um diese Zeit wirst du auch noch eine Magistra sein.«

Nejhalania zog einen Mundwinkel hoch und küsste seine Wange. »Du Optimist.«

»Im Gegenteil. Dann trennt uns mehr als je.«

»Dann werde ich aber auch über meiner Großmutter stehen. Nächstes Jahr um diese Zeit wird alles anders sein.«

»Und dann?«

Nejhalania schob ihn von sich. Sie wusste nicht, wie sie antworten sollte. Sie wusste nur, dass dies der einzige Weg war, sich von Donna zu lösen. So lange musste Jonos warten, was auch immer dann folgen würde. Vermutlich sollte sie sich eine Zukunft mit ihm an ihrer Seite ausmalen, zumindest solange er sie mit Armen und Flügeln umschlungen hielt. Ehemann und Familie gehörten allerdings nicht zu den Dingen, die sie sich für ihre Zukunft wünschte. Egal, was kam, ihre Beziehung würde eine Affäre bleiben müssen, oder sie würde enden. Und irgendwann musste sie das Jonos sagen.

Nejhalania legte ihre Hand an seine Brust und schob ihn von sich. »Komm heute Nacht zu mir«, sagte sie.

»Um mich heimlich durch dein Schlafzimmer-
fenster zu schleichen und genauso wieder zu verschwinden?« Jonos seufzte resigniert.

»Donna darf nichts von uns erfahren.«

»Immer schiebst du deine Großmutter vor.«

»Jonos, ich kann nicht …« Sie schüttelte den
Kopf. Es gab keine andere Möglichkeit für sie.
Donna war zu mächtig.

Er wandte sich beleidigt ab. »Lass uns wieder
zum Fest gehen.«

Mit hängenden Flügeln folgte sie ihm, erst kurz
bevor sie aus der Gasse trat, legte sie die Schwingen wieder an den Rücken und hob den Kopf.

Sie fanden Inera nicht weit weg. Sie stand in der
Reihe vor einem Stand mit kandierten Früchten
und hielt sich den Hals, langsam drehte sie sich mit
schreckensweiten Augen zu ihnen um.

Jonos und Nejhalania tauschten einen Blick,
bevor sie losrannten.

»Es ist weg.« Ineras Stimme bebte. »Das Collier
wurde gestohlen!«

DER BESTE SEINER ZUNFT

»Matschgesicht!«

»Na warte, du Pisser! Wenn ich dich in die Finger bekomme, dann …« Squan ballte die Hände zu Fäusten und machte sich daran, dem kleinen Scheißer zu folgen, der drauf und dran war, in der Menge zu verschwinden. Die blaugrüne Haut des türmenden Wassermanns schimmerte im Licht der Mittagssonne, und seine Kiemen flatterten, als der Junge in lautstarkes Gelächter ausbrach. Er lachte ihn aus.

Eine kräftige kleine Hand schloss sich um Squans Arm und hielt ihn zurück. »Lass gut sein, Träumer. Am Ende bist du es nur wieder, der auf die Fresse bekommt.«

Squan hielt schnaufend inne. Hael hatte gut reden. Niemand würde es wagen, sie so zu beleidigen. Dafür sorgten ihr Ruf und die schwarze Le-

derrüstung der Krieger im Schatten, die sie trug. Auch wenn davon heute nur wenig zu erkennen war, unter dem fadenscheinigen braunen Mantel.

»Hast du gehört, was er gesagt hat? Matschgesicht, Hael. Er hat Matschgesicht gesagt. Du weißt, was er damit meint, oder?«

Sie drehte sich wieder der Bude zu und griff nach dem Holzring, der vor ihr auf dem Tisch lag. Bedächtig wog sie ihn in der Hand. »Ja, schon klar. Ganz böses Bubu … Jetzt komm mal wieder klar. Es ist doch nicht das erste Mal, dass du deswegen beleidigt wirst, und der kleine Scheißer gehört zu Arks Bande.«

Squan seufzte und ließ die Fäuste sinken. »Ich hasse das. Im Ernst, ich hasse es.« Er trat an ihre Seite und betrachtete das Ziel an der Rückwand der Bude. Ein senkrechter Holzstab, der so bemalt war, dass er wie einer der Türme Lichtburgs aussah. Blauer Himmel und Wolken waren darum herum auf die Holzlatten gepinselt worden. Auf einem Schild über dem Ziel stand groß und rot: »Keine Wettermagie!«

»Hast du das gelesen?« Squan deutete auf das Schild.

»Nein, und es ist mir auch scheißegal, was da steht«, antwortete Hael, ohne auch nur hinzusehen. Sie warf den Ring probeweise einmal in die Luft und fing ihn wieder auf.

Der Standbesitzer, ein rundlicher Erdmann, stand mit verschränkten Armen an der Seite und tippte mit den Zehen ungeduldig auf den Boden.

Hael ließ sich Zeit. »Weißt du, Träumer, es gibt eine ganz einfache Möglichkeit wie du verhinderst, ständig der Fußabtreter zu sein«, meinte sie. Squan musste sich konzentrieren, um ihre Worte über dem Geschrei der Händler, der Musik und dem Lachen der Passanten überhaupt zu verstehen.

Er sah sie ungläubig an. »Indem ich jedem, der den Mund zu voll nimmt, die Kehle durchschneide?«

Sie lächelte süffisant. »Ganz genau.« Beiläufig warf sie den Ring auf das Ziel. Mit einem lauten Klonk landete er genau da, wo er hinsollte. Der Standbesitzer verzog den Mund zu einer Grimasse.

»Hast du mir nicht gerade geraten, den Scheißkerl laufen zu lassen?«

»Hauptgewinn«, nuschelte der Standbesitzer widerwillig und zerrte einen Stoffhund vom Regal. Den drückte er Hael in den Arm. Sie hob eine Braue.

»Nun, du solltest eben erst einmal an jemandem üben, dem du gewachsen bist.«

Unter ihrer Musterung kam Squan sich ganz klein vor, obwohl er sie bei Weitem überragte. »Weißt du Hael, das mit den Messern ist nicht ganz mein Ding«, murmelte er.

Sie hob sich das Gesicht des Hundes vor die Nase und betrachtete ihn kritisch. »Dein Fehler, und genau deswegen hätte dir der kleine Scheißer den Arsch aufgerissen … statt umgekehrt.«

Squan zuckte nur mit den Schultern und sah auf seine löchrigen Schuhe.

Hael stöhnte. »Jetzt hör schon auf, Trübsal zu blasen!« Sie drückte Squan den Stoffhund in die Arme. »Für dich«, sagte sie und schlenderte die Gasse zwischen den Ständen hinunter.

Squan schlurfte ihr nach. In dem braunen Mantel, den sie heute unüblicherweise trug, sah Hael Schattenklinge ganz anders aus. So normal. Und deutlich weniger tödlich. Aber im Gegensatz zu ihm war Hael heute auch nicht auf dem Fest, um zu arbeiten, sondern um sich zu amüsieren. Zumindest hoffte Squan das, dann würde sie ihn nicht wieder einmal in einen ihrer Aufträge für Éred, den König im Schatten, mit hineinziehen.

»Was soll ich damit?« Er klemmte sich den Hund unter den Arm.

Hael zwinkerte ihm zu. »Für deine einsamen Nächte. Außerdem hat er denselben Dackelblick wie du, du Träumer.«

»Sehr witzig …«

»Nüchtern bist du echt schwer verdaulich, weißt du das?«

Während die Menschen der kleinen Hael automatisch auswichen, musste Squan die ganze Zeit darauf achten, niemanden anzurempeln.

»Kannst ja gehen, wenn ich so eine unangenehme Gesellschaft bin«, meinte er. »Ich hab ohnehin zu tun.«

Squan war sich bis heute nicht im Klaren darüber, ob Hael nun eine Freundin war oder nicht. Sie hatten eigentlich keine Gemeinsamkeiten, bis auf diese eine Sache … aber gerade das schien sie zusammenzuschweißen. Und jemanden wie Hael auf seiner Seite zu wissen, hatte seine Vorteile, also versuchte Squan sich zusammenzureißen, auch wenn die Beleidigung des Jungen ihm gehörig die Stimmung verhagelt hatte. Er biss die Zähne zusammen und wich einer Feuerzwergin mit zwei Kleinkindern an den Händen aus. Dabei verlor er den Anschluss an Hael.

Sie drehte sich zu ihm um und verschränkte die Arme. »Kleingeld für die Zeche bei Taak zusammensammeln?«

Mit ein paar großen Schritten schloss Squan wieder zu ihr auf. »Nicht so laut«, zischte er ihr zu. Immerhin konnte er nur Geld verdienen, wenn die Menschen ihn nicht bemerkten.

»So bringst du es nie zu etwas«, meinte sie.

»Zu was sollte ich es auch bringen? Bin froh, wenn ich nicht verhungern muss.«

»Du könntest dich uns anschließen, dann hättest du zumindest ein Dach über dem Kopf, anständige Kleidung …«

»Nein danke. Schwarz steht mir nicht.«

»Im Ernst, Squan. Überleg dir gut, wie oft du Éreds Angebot noch ablehnen willst. Im Schatten wird niemand alt.«

»Nur wenn man sein ganzes Leben im Schatten verbringt. Was ich nicht vorhabe.«

»Ach? Und wie willst du aus der Gosse herauskommen? Klaust du dir genug zusammen für eine hübsche Villa hier am Regierungsplatz? Dann fang besser bald damit an und hör auf, die paar Kupfernen, die du den Leuten täglich aus der Tasche ziehst, bei Taak zu versaufen.« Hael musterte ihn wissend.

Plötzlich war Squan sich seiner schlaksigen Statur, der Flecken auf seinem Hemd und der Löcher in seinen Schuhen überdeutlich bewusst.

Er ballte die Hände in den Hosentaschen. »Weißt du was? Genau das werde ich tun. Geld sammeln, damit ich mir ein besseres Leben aufbauen kann. Mach's gut.«

Hael winkte ab. »Schon gut, Träumer, bleib. Ich verschwinde, aber vergiss nicht, dass du mir noch ein Waldbier schuldest, also lass dich nicht erwischen.« Mit diesen Worten tauchte sie in der Menge unter und ließ Squan mit dem Stoffhund unter dem Arm stehen.

Eine Weile stand er nur da und sah ihr nach. Die Leute stießen ihn im Vorbeigehen die Ellbogen in die Seiten und traten ihm auf die Füße. Niemand achtete auf ihn. Er hatte genug. Er wollte raus aus dem Schatten und aus diesem Leben. Aber der Weg hinaus war hart, zu hart für ihn.

Squan setzte sich wieder in Bewegung.

Neben einer Bude hockte ein kleines Erdmädchen mit verfilzten Haaren und bettelte. Keiner der Passanten achtete auf das Kind, sie übersahen es einfach, so wie sie auch Squan übersahen.

Squan hatte keine Münzen, die er ihr geben konnte, keine Kleidung, kein Essen, kein Zuhause. Aber er hatte einen Stoffhund. Das Mädchen machte große Augen, als er ihr das Spielzeug reichte.

Noch bevor sie etwas sagen konnte, ging Squan hastig weiter. Auf seinem Weg über das Fest erleichterte er einen gut gekleideten Erdmann um seinen Beutel, den er nur mit einer Schleife am Gürtel befestigt hatte, und eine Zwergin um eine silberne Haarklammer. Mit seiner Beute zog er sich in den Schatten eines Torbogens zurück. Dort fischte er die Kupfernen aus dem Geldbeutel und steckte sie ein, bevor er die fremde Börse wegwarf.

Kinkerlitzchen, Kleinkram. Kleine Fische. Genug für ein Bier oder zwei. Aber nicht genug, um sich ein neues Leben aufzubauen.

Squan umschlang die Knie mit den Armen und beobachtete die Menge, die sich über den Festplatz schob. Sogar das Himmelsvolk aus Lichtburg wagte sich heute aus seiner schillernden Stadt heraus und stolzierte zwischen dem Fußvolk umher. Ihre Federn glänzten, sie trugen erlesene Stoffe und goldenen Schmuck. Nur ein einziges solches Schmuckstück und Squan könnte sich vermutlich wirklich ein schickes Häuschen irgendwo außerhalb des Schattens leisten. Stattdessen würde sein heutiger Luxus wohl aus einem kandierten Apfel bestehen. Am Rand des Getümmels, nur wenige Meter von ihm entfernt, drängten sich die Menschen vor die Auslage eines Standes, von dem aus es herrlich zuckrig duftete. Dafür würde seine bisherige Ausbeute vielleicht reichen. Dafür oder für einen netten Abend in der Taverne …

Die Menge vor dem Stand mit den kandierten Früchten teilte sich, und eine Himmelsfrau schritt anmutig durch die entstandene Gasse. Sie lächelte wie die Sonne an einem Sommertag, ihr blondes Haar strahlte, und der schillernde Stoff ihres weiten Mantels tanzte ihr um die Beine. Ihre Flügel hatte sie, typisch Lichtburgerin, eng am Rücken angelegt. Auch ihr braunes Gefieder glänzte, alles an ihr glänzte, strahlte. Und um ihren Hals trug sie ein Band aus purem Licht.

So etwas hatte Squan noch nie gesehen, genauso wenig wie alle anderen; er war nicht der Einzige, der starrte.

Was so etwas wohl wert war? Sicherlich nicht nur eine Handvoll Kupferne oder ein paar läppische Silberne. Mehrere Goldene? Oder noch mehr? Genug für ein Leben in Saus und Braus mit einer Villa am Regierungsplatz, täglich mehreren Mahlzeiten, sauberer Kleidung. Und das nicht nur für ihn, sondern auch für eine ganze, eigene Familie.

Seine Finger juckten. Wenn er mit diesem Ding bei Hael ankäme, würde sie ihn sicherlich nicht mehr belächeln. Keiner würde ihn dann mehr auslachen, denn dann wäre er der, der gut lachen hätte.

Die Himmelsfrau schien allein zu sein, Squan sah auch keinen Begleitschutz oder Wachen in ihrer Nähe. Die anderen Passanten betrachteten sie zwar, aber niemand schien ihr nahezustehen. Sie stand einfach nur vor dem Stand und wartete auf irgendetwas.

Er musste es klug anstellen, sie durfte ihn im Nachhinein nicht erkennen. Oder sie müsste unsicher sein, wer ihr nun nahe genug gekommen war, um an die Kette heranzukommen. Und am besten

würde sie sich an Squan, wenn überhaupt, als den Guten erinnern.

Er sprang auf und wischte sich die Handflächen an der Hose trocken. Der richtige Moment war entscheidend. Langsam und möglichst unauffällig schlenderte er auf die Lichtburgerin zu, dabei fuhr er sich mit den Fingern durch das zerzauste Haar. Er wollte keinen zu heruntergekommenen Eindruck hinterlassen, das wäre nicht gut. So neutral wie möglich, einer unter vielen, nichts Besonderes sein, darin bestand das Geheimnis. Zumindest darin war er gut.

Squan passierte die Frau mit ein wenig Abstand. Genau zum richtigen Zeitpunkt, denn ein Erdmann drängte sich zwischen ihnen hindurch. Mit einem prüfenden Blick aus dem Augenwinkel wartete Squan den richtigen Moment ab und stellte dem Kerl dann blitzschnell einen Fuß. Der strauchelte und fiel. Squan zog sein Bein zurück und ging weiter, als sei nichts passiert. Der Erdmann landete in den Armen der Himmelsfrau, die kreischte und beide krachten in einem Knäuel aus Federn, Armen, Beinen und Geschrei in den Dreck. Wüst auf das Geflügel fluchend sprang der Mann wieder auf und rannte davon, bevor die Himmelsfrau auch nur Kriecher schimpfen konnte. Sofort erschien Squan an ihrer Seite. »O nein, so ein Rüpel. Lasst mich Euch helfen.« Ohne eine Reaktion ihrerseits abzuwarten, packte Squan sie bei den Oberarmen und hievte sie auf die Beine. Dann wischte er ihr den Straßenstaub vom teuren Mantel, fuhr über ihre Schultern, bis an den Hals.

»Finger weg!« Sie stieß ihn mit den Flügeln fort.

Squan hob entschuldigend die Hände. »Schon gut. Wollte nur helfen.«

Lächelnd tauchte er in der Menge unter. Bis zur nächsten Gasse spazierte er gemächlich dahin, aber sobald er den Platz der Iustitia hinter sich gelassen hatte, rannte er, was das Zeug hielt.

Erst als weder Musik noch Stimmengewirr vom Festplatz zu ihm trieben, blieb Squan stehen. Er ließ sich auf ein Fass sinken und wartete, bis er wieder zu Atem kam. Dann legte er den Kopf in den Nacken. Ohne, dass er etwas dagegen tun konnte, zogen sich seine Mundwinkel nach oben, und seine Lippen teilten sich in einem breiten Grinsen.

Er fischte seine Beute aus der Hosentasche.

Die Kette lag wie ein Band aus Licht in seinen Händen. Das Metall – Weißgold? – fühlte sich noch warm an. Warm vom schmalen Hals der reichen Lichtburgerin. Er hatte es wirklich getan, es wirklich geschafft. Squan presste sich das Schmuckstück an die Brust. Dieses Ding war sein Schlüssel aus dem

Schatten heraus und hinein in ein normales Leben.

Zur besten Zeit, der Schattenstunde, erreichte Squan den Rand des Schattens, das Armutsviertel Quasarias, das direkt unter der schwebenden Stadt Lichtburg lag. Die Leuchtrunen an den Hauswänden strahlten bereits, und die Sonne versank gerade hinter den Bergen. Immer noch mit demselben breiten Grinsen im Gesicht, das fast schon wehtat, stieß er die Tür zur Langen Tanne auf. Die krachte gegen die Wand der Taverne, und die Augen aller Gäste richtete sich auf ihn.

Triumphierend streckte Squan die Faust mit der Kette darin in die Höhe. »Lokalrunde!«, brüllte er über die Musik und Gespräche hinweg. Jubelrufe brandeten auf. Im Vorbeigehen klopften ihm Wildfremde auf die Schultern. Die, die ihn kannten, gratulierten ihm zu seinem Meisterstück.

Der Wirt Taak stand wie immer hinter der Theke. Bei Squans Anblick zog er die Brauen hoch. Hael saß auf ihrem üblichen Platz, im Dunkeln zwischen dem Tresen und dem Kamin. Als sich ihre Blicke trafen, stand sie auf und kam mit energischen Schritten auf ihn zu. »Hast du sie noch alle?«, zischte sie.

»Was? Du hast doch gesagt, ich schulde dir ein Waldbier.«

Hael schüttelte den Kopf, packte Squan am Schlafittchen und zerrte ihn hinter sich her in das finstere Treppenhaus, das hoch zu den Fremdenzimmern führte. Grölen, Pfiffe und zweideutige Bemerkungen folgten ihnen.

Dort stieß sie ihn grob gegen die Holzwand. Ihre dunklen Augen funkelten gefährlich. Squan hob beschwichtigend die Hände. »Was soll das, Hael?«

»Bist du wirklich so ein Idiot, oder tust du nur so?« Endlich ließ sie ihn los. Squan rieb sich den Hals und versuchte, die Falten aus seinem Hemd zu streichen.

»Das scheiß Geflügel war heute Nachmittag hier«, erklärte Hael. »Hier in der Tanne! Sie suchen das Ding.« Sie packte Squans Handgelenk und zerrte seine Faust hoch, in der die Kette klimperte. Selbst im Dunklen schien sie von innen heraus zu leuchten.

»Die Stadtwache?«

»Nein.« Hael löste die Finger um seinen Arm. »Lichtburger, Squan. Wettermagier. Die Besitzer.« Sie zog eine schwarz glänzende Feder aus ihrem Gürtel und hielt sie Squan vor die Nase. »Das Ding muss verdammt wertvoll sein, wenn die ihre vergoldeten Ärsche höchstpersönlich hierherbewegen.«

Squan nahm die Feder entgegen und starrte sie an. »Lichtburger im Schatten …«, flüsterte er.

»Du kannst von Glück reden, dass auf deinem Weg hierher noch kein Blitz in dich gefahren ist.«

Langsam hob er den Blick und begegnete Haels. »Und was mache ich jetzt?«

Hael schnaubte. »Werd das Ding los. Und das am besten schnell.« Sie verschränkte die Arme. »Nach deiner Aktion gerade eben hast du etwa eine Stunde, bis der ganze Schatten weiß, wo sich das Kettchen befindet. Und jeder wird es haben wollen.«

Squan schluckte.

»Du hast jetzt eine Zielscheibe auf dem Arsch, Träumer.«

»Ich muss sie loswerden?« Seine Stimme zitterte.

Hael nickte. »Wirf sie weg und tauch ein paar Wochen unter. So lange, bis der Sturm sich gelegt hat.«

Squan sah zwischen der Feder und dem Schmuckstück hin und her. Die Bewegung ging in ein energisches Kopfschütteln über. »Soll ich sie in die Kloake schmeißen, oder wie? Das Ding ist ein Vermögen wert, Hael. So viel kann ich in einem ganzen Leben nicht zusammenklauen.«

»Ist sie dein Leben wert?«

Squan sah von dem Schmuckstück auf. Hael stand immer noch mit verschränkten Armen vor ihm. Sie scherzte nicht.

Squan glitt die schwarze Feder aus den Fingern, und er presste sich das Schmuckstück mit beiden Händen an die Brust. »Dann verkaufe ich das Ding einfach schnell.«

Blitzschnell schlug ihm Hael mit der flachen Hand auf den Hinterkopf. »Und wer soll es kaufen, bei Luxurios? Kein Hehler legt sich freiwillig mit Lichtburg an und selbst wenn, keiner wird dein Kettchen auch nur im Ansatz bezahlen können.«

»Ich werfe sie auf keinen Fall einfach weg.«

»Dann bist du tot.« Mit einem ungläubigen Kopfschütteln ließ Hael ihn stehen und ging zurück Richtung Gaststube. Die Hand an der Tür blieb sie stehen. »Sie werden dich jagen.«

Squan nickte.

»Komm nachher ja nicht zu mir und heul mich voll, wenn die Lichtburger mit Blitzen nach dir werfen.«

Wieder nickte Squan.

»Also gut.« Hael seufzte. »Ich kenne da einen Hehler. Er ist ein Arsch und glaub ja nicht, dass er dir einen fairen Preis zahlen wird … aber mit etwas Glück nimmt er das Ding, und die Sache hat sich damit für dich erledigt.«

Squan klammerte sich an die Kette, seine Mundwinkel zuckten. »Danke, Hael. Du bist die Beste!«

»Schnauze, Träumer.«

Hael führte Squan durch das Gewirr der Gassen, vorbei an den Vergnügungstempeln, in denen man alles bekam, was man sich nur vorstellen konnte und auch so einiges, was viele sich gar nicht vorstellen wollten. Sie passierten zerlumpte Gestalten, die sich um die öffentlichen Kohleöfen scharten, und mit Unrat vollgestopfte Abwasserkanäle, in denen das Scharren der Ratten lauter erklang als ihre eigenen Schritte. Und die ganze Zeit über tröpfelte das Abwasser Lichtburgs auf die gespannten Baldachine und Vordächer über ihnen.

Das Gebiet hier wurde nicht vom König im Schatten regiert und war damit auch für Hael potenziell tödlich. Entsprechend vorsichtig schlichen sie durch die Gassen. Vor einem mehrstöckigen Mietshaus versteckten sie sich in einer dunklen Ecke.

»Da ist es.« Hael deutete auf ein Ladengeschäft im Erdgeschoss.

»Das ist eine Bäckerei.« Flackerndes Licht drang durch den Türschlitz nach draußen.

»Ganz genau.«

»Das hier ist nicht aus Zucker, das ist dir klar, oder?« Squan zog die Kette aus der Tasche und hielt sie Hael vor die Nase.

Die riss die Augen weit auf, zerrte Squan das Schmuckstück aus den Händen und steckte es ihm wieder zurück in die Hosentasche. »Sag mal, willst du dich eigentlich umbringen? Ark kann Edelsteine riechen!«

»Wenn dieser Ark so ein übler Kerl ist, wieso gehörst du dann nicht zu seinen Leuten?«

Hael sah sich um und glitt geräuschlos über die gepflasterte Straße hinüber zum Eingang der Bäckerei. »Éred ist der Großzügigere« Sie blinzelte Squan zu. »Bist du Ark schon mal begegnet?«, fragte sie.

»Persönlich? Nein, nur seinem Lumpenpack.«

Hael entkam ein Lachen. »Nun, man wird bei Éred auch besser eingekleidet.«

»Das ist für viele Grund genug, sich dem König im Schatten anzuschließen.«

»Nur für dich nicht.«

Squan deutete auf die Tür. »Jetzt lass uns endlich da reingehen.« Es duftete nach frischem Brot und Kuchen. So intensiv, dass es sogar den Gestank des Schattens überdeckte.

Hael öffnete die Tür, und ein Glöckchen klingelte. Sie ließ Squan den Vortritt.

Hitze schlug ihm entgegen, als er die Bäckerei betrat. In einem in den Boden eingelassenen Ofen brannte ein Feuer, das den gesamten Raum beleuchtete. Schatten tanzten über Regale voller Kuchen und Törtchen, Brot und anderem Gebäck. Hael kam mit verschränkten Armen an seine Seite. »Wer im

Schatten kann sich denn so was hier leisten?«, fragte Squan sie leise. Er zeigte mit dem Daumen auf ein üppig mit Blattgold dekoriertes Gebäck in Form eines krähenden Hahns.

»Niemand außer Ark. Das Geschäft ist nur Tarnung«, flüsterte sie.

Hinter einer Theke stand ein Zwerg und knetete Teig. Das war vermutlich der kleinste Zwerg, den Squan jemals gesehen hatte. Und das hieß schon etwas. Der Bäcker musterte sie mit zusammengekniffenen Augen, vor allem an Haels Rüstung blieb sein Blick lange hängen. Irgendetwas schien unter seinem gestärkten Arbeitskittel zu glänzen, aber Squan konnte in dem flackernden Licht nicht genau sagen, was. Außerdem war der Bäcker über und über mit Mehl bedeckt. Sein rotes Haar trug er aufgetürmt und den Bart in einer aufwendigen Flechtfrisur. Eigentlich sah er selbst aus wie ein fluffiges rotes Törtchen. Es fehlte nur noch die Kirsche obenauf. »Was wollt ihr?«, fragte er, ohne mit dem Kneten innezuhalten.

Hael stützte sich mit den Händen auf dem Tresen auf. »Wir haben etwas zu verkaufen.«

»Verkaufen? Da seid ihr falsch, das ist eine Bäckerei. Ich bin hier derjenige, der etwas verkauft. Kuchen, falls euch das nicht aufgefallen ist.« Er deutete mit mehligen Fingern auf seine Auslage.

Squan umschloss die Kette in seiner Hosentasche. »Du hast dich vermutlich in der Adresse geirrt, Hael.«

Bei der Erwähnung ihres Namens zuckten die buschigen Augenbrauen des Zwerges.

»Ich hab mich nicht geirrt, Träumer.« Sie sah kurz zu ihm und wandte sich dann wieder an den Zwerg. »Es geht um eine Ware, an der man sich leicht die Finger verbrennt. Ein ganz heißes Zuckerstück«, säuselte sie.

»Ist das so?« Der Zwerg schmetterte den Teig auf die Arbeitsfläche – Mehl stäubte hoch – und knetete weiter. Er wiederholte das Ganze noch ein paar Mal und legte den Klumpen schließlich in eine Schüssel. Diese deckte er ab und schob sie in ein Regal, nicht weit vom Ofen entfernt. Er klatschte sich das Mehl von den Fingern und schlenderte zur Tür. Mit einem metallischen Klicken schob er einen Riegel vor. »Dann lasst mal sehen.«

Squan sah Hael fragend an. Sie nickte.

Nach einem weiteren Blick auf die nun verschlossene Tür zog Squan die Kette aus der Tasche. Das Licht des Feuers brach sich darin und warf bunte Reflexionen durch die Bäckerei. Der Zwerg machte große Augen. Er kam auf Squan zu und packte sein Handgelenk, um die Hand mit der Kette darin bis vor seine Nase zu ziehen. Roch er etwa daran?

»Erstaunlich«, murmelte er. »So filigran …«

»Wieviel kriegt mein Freund für das Ding?«

Der Zwerg sah zu ihr auf. »Ich geb euch zehn Goldene«, grummelte er.

Zehn. Goldene. Squan musste schlucken.

»Ha«, machte Hael. »Netter Versuch, Kirschtörtchen. Das Teil ist mindestens hundertmal mehr wert.«

Der Zwerg ließ Squan los. »Und? Selbst wenn. So viel Gold habe ich nicht, und so viel Gold kann ich mir auch nicht leihen. Da müsste ich schon zur Lichtbank gehen, und ich vermute«, sein Blick bohrte sich in Squans, »das wäre nicht in eurem Interesse.«

Mit zehn Goldenen konnte man sich nicht gerade eine Villa leisten, aber bei den Göttern, das war mehr als Squan jemals zu besitzen erwartet hätte.

Hael lachte als Antwort nur trocken.

Murrend musterte der Zwerg die Kette in Squans Hand. »Na gut. Ich gebe euch fünfzehn.«

Fünfzehn … »Einverstanden!«

»Guter Witz!« Hael lachte theatralisch. »Unter hundertfünfzig bekommst du gar nichts. Wir lassen uns von dir nicht verarschen.«

Squan erwartete, dass der Zwerg ablehnen würde oder sie gar auslachen, aber er stand nur da und zwirbelte seinen Bart.

»Lasst mich nachsehen, wie viel ich da habe.«

Hael nickte lächelnd. »Na also, geht doch.«

Der Bäcker kraxelte eine Leiter hoch, die direkt neben dem Eingang zum Geschäft zu einer Luke in der Decke führte. Dort verschwand er. Im Zwischengeschoss befanden sich vermutlich seine privaten Räume.

Squan wandte sich Hael zu, ihm stand der Mund offen. »Hundertfünfzig«, hauchte er. »Hundertfünfzig Goldene, Hael!« Er musste die Zahl einfach aussprechen, um es glauben zu können. Wie viel wogen hundertfünfzig Goldene wohl? »Glaubst du, er hat so viele Münzen da oben unter seinem Bett versteckt?« Über ihnen polterte es.

Hael starrte die Luke an, zog eine Braue hoch und löste die Hände aus der Verschränkung.

»Hael?«

Sie ging einen Schritt auf die Leiter zu, dann drehte sie sich ruckartig zu Squan um. »Weg hier!« Da war es aber schon zu spät.

Zwei Erdmenschen sprangen von oben herab. Mehl wirbelte auf. Sie trugen nur Lumpen, waren aber bewaffnet bis an die Zähne. Wortwörtlich, die Frau hielt einen böse aussehenden Dolch zwischen den Lippen. Ihnen folgten der Bäcker und ein junger Wassermann, mit im Flammenschein glänzender Haut. Es war der Junge vom Markt, und er trug noch immer das hämische Grinsen im Gesicht. »Hallo Matschgesicht«, rief er.

Hael stöhnte genervt. »Ach nö … ich hab meine Sachen erst gewaschen, und jetzt muss ich sie schon wieder mit eurem Blut einsauen!« Zwei Wurfdolche tauchten von irgendwoher in ihren Händen auf.

Nur Squan hatte nichts, um sich zu verteidigen. Er wich zurück, bis er mit dem Hintern gegen den Tresen stieß. Die Hitze des Ofens versengte ihm die Haare im Nacken. Fast flutschte ihm die Kette aus den schweißnassen Fingern.

Der Bäcker klatschte in die Hände, und die Flammen in Squans Rücken stoben auf. Funken regneten von der Decke.

»Hael, meine Teuerste«, sagte der Zwerg. »Es ist mir eine Freude, mit dir zu verhandeln, auch wenn deine Forderung mehr als nur unverschämt ist … Das hier ist mein endgültiges Gegenange-bot.«

»Ark!« Hael fluchte.

Etwas brannte sich in Squans Schulter. Schnell schlug er den Funken aus. »Lässt du uns gehen, wenn du die Kette bekommst?«, rief er dazwi-schen. Alle ignorierten ihn.

Die beiden Erdmenschen und der Junge traten zur Seite und ließen den Feuermagier passieren. Der Zwerg trat in den Lichtschein. Das Mehl war aus seinem Haar verschwunden, ebenso wie der Arbeitskittel. Stattdessen trug er Seide und Brokat. Er grinste breit, seine vergoldeten Zähne blitzten orangerot. Goldketten und Rubine um seinen Hals funkelten um die Wette; alles an ihm glitzerte und glänzte.

»Ah, was für ein Angebot.« Ark stampfte auf Squan zu. Er streckte die Hände aus. Nach einem flehenden Blick zu Hael, die die Lippen zu einer Linie zusammenpresste, legte Squan die Kette in Arks gepflegte Hände. Der nahm sie entgegen, als handle es sich um ein Neugeborenes.

»Wirklich erlesen. Ein wundervolles Stück Luxus.« Er streichelte über die Steine.

»Sollen wir dich eine Weile damit allein lassen?«, fragte Hael und verdrehte die Augen.

Ark hob den Blick von dem Schmuckstück und musterte die Schattenkriegerin. »Aber nein. Bleibt doch bitte.« Seine Handlanger kicherten.

Beinahe bedächtig nahm er die Kette und versuchte, sie sich selbst um den Hals zu legen. Allerdings war das Schmuckstück ganz offensichtlich für den Hals einer Himmelsfrau gemacht worden, nicht für einen bärtigen Feuerzwerg. Ark schnaubte entrüstet und steckte sie sich in den Hosenbund.

Hael schob sich inzwischen Richtung Ausgang. Squan versuchte, ihr unauffällig zu folgen.

»Nicht so schnell.« Ark nickte seinen Handlangern zu, die sich direkt zwischen Hael und der Tür positionierten. »Ihr wisst, ich lasse mir keine gute

Gelegenheit entgehen, um Gold zu machen. Und du«, sprach er direkt zu Hael, Squan beachtete er gar nicht mehr, »bist doch das Schoßhündchen unseres allseits beliebten Goldjungen, nicht wahr?«

»Schoßhündchen?« Haels Finger krampften sich um den Griff ihres Dolches, dass ihre Knöchel weiß hervortraten.

»Sicherlich will Éred dich wohlbehalten wiederhaben und ist bereit, ein nettes Sümmchen dafür zu bezahlen.«

»Du musst mich schon umbringen, wenn du mich am Gehen hindern willst, Ark«, fauchte Hael.

Squan wich zurück. So ein verdammter Mist, wo war er hier nur hineingeraten? Er schielte immer wieder zum Ausgang, er war so nah …

»Es ist wohl Luxus zu erwähnen, dass du mich und die Meinen unterschätzt, meine Schöne.« Wieder klatschte Ark in die Hände, und seine Handlanger traten vor. Ihre Waffen blitzten im Schein des Feuers. »Bringt mir Schattenklinge und beseitigt den wertlosen Erdmann«, sagte er.

Squan wagte einen Seitenblick auf Hael. Sie hielt die Dolche zwar noch erhoben, aber er konnte an ihrem Gesicht ablesen, wie ihre Chancen standen. Die Angreifer kamen unerbittlich auf sie zu, und hinter ihnen züngelten die Flammen.

Haels Blick traf auf den Squans. »Nein!«, rief sie. »Er ist nicht wertlos!«

War er nicht? Squan musste sich zusammen-
reißen, um ihr nicht zu widersprechen.

»Das hier ist Squan Túnth, der beste Taschendieb im Schatten.«

»Túnth? Komischer Name für einen Erdmann ...«
Ark betrachtete Squan, so wie er auch die Kette zu An-
fang prüfend gemustert hatte.

Der junge Wassermann lachte laut. »Er ist ja
auch kein Erdmann! Er ist ein Kind Quasarias, ein
widerlicher Mischling.«

Squan konnte den Worten dieses blauhäutigen
Arschlochs leider nicht widersprechen, noch
konnte er seinem Feixen standhalten, also wandte
den Blick auf seine Schuhe.

»Er hat einer Lichtburgerin dieses Schmuckstück vom Hals geklaut, ohne dass sie es bemerkt
hat«, rief Hael und zeigte mit dem Dolch auf die
Kette an Arks Hüfte, »und Éred will ihn haben.«

»Na ja, also eigentlich ...«

Hael donnerte Squan ihren Absatz auf die Zehen, und er unterdrückte einen Aufschrei.

»Éred will ihn haben?« Ark kratzte sich am
Bart. »Na, wenn das so ist ... packt sie beide.«

Das Feuer ging aus. Noch bevor Squans Augen
sich an die Dunkelheit gewöhnen konnten, traf ihn
etwas an der Schläfe. Schmerz explodierte in seinem
Schädel und katapultierte ihn in süße Dunkelheit.

Seine Hose war nass, und ein saurer Geruch hing in der Luft.

»Jetzt wach, verdammt noch mal, auf!«

Der Schlag ins Gesicht weckte Squan vollends. Er blinzelte ins Dunkel, bis sich seine Augen an den fahlen Lichtschein gewöhnten. Hael hielt ihn schon wieder am Kragen gepackt und presste ihn mit dem Rücken gegen kalten, feuchten Stein.

Er stand bis zur Hüfte im Wasser. Squan fasste sich stöhnend an den Kopf. »Wo sind wir?« Bei jedem Wort knackte sein Kiefer.

»Im Wasser.« Hael ließ ihn los. Seine Knie wollten nachgeben, aber er zwang sich, stehen zu bleiben. Das eisige Wasser roch widerlich.

»Ja, danke. Das ist mir auch schon aufgefallen.« Ein wenig Licht fand durch die Spalten einer Holzluke in der hohen Gewölbedecke über ihnen herein.

»Mehr weiß ich auch nicht«, gab Hael zu. »Vermutlich sind wir im Keller von einem von Arks Mietshäusern.«

»Du meinst in seinem Knast.«

»Richtig.«

Squan schlug nach dem Wasser. »Einem Zwergenknast.«

»Wie kommst du darauf?« Hael suchte mit den Händen nach Halt an der Steinwand.

»Nasse Zwerge können kein Feuer fangen.«

»Hm … und warum denkst du, sind wir dann hier?« Hael zog sich hoch und tastete nach dem nächsten Halt, dabei rutschte sie ab. Laut platschend landete sie im Wasser und kam prustend wieder hoch. Sie sah alles andere als begeistert aus.

»Vermutlich, um uns zu ärgern …«, antwortete Squan.

»Ich bring den Scheißzwerg um.« Hael schüttelte sich das stinkende Wasser aus den Haaren. Dann hielt sie still und musterte Squan. »Wie kann es eigentlich sein, dass du einen Messerknauf gegen den Schädel kriegst und nicht mal einen blauen Fleck hast?«

Squan rieb sich die Schläfe. Haels Worte dröhnten durch seinen Kopf und verstärkten die Schmerzen nur noch. »Glück?« Tatsächlich war der Kiefer und eine Gesichtshälfte der Schattenkriegerin übel geschwollen und verfärbte sich zusehends dunkel.

Sie drehte Squan den Rücken zu. »Das ist alles deine Schuld, Träumer. Eigentlich sollte ich dich in dieser Brühe ertränken …« Mit Schwung wandte sie sich wieder zu ihm um. »Moment Mal! Kannst du uns nicht hieraus retten?« Sie deutete auf die stinkende Brühe, in der sie standen.

Squan wich ihrem fragenden Blick aus. »Ich glaube nicht, dass ich irgendwen irgendworaus retten könnte.«

»Jetzt hör bloß auf mit der Jammerei.«

Squan ließ die Finger über die Wasseroberfläche gleiten. »Die Kräfte des Vaters und das Aussehen der Mutter, Hael, du kennst die Regel. Leider kann ich nur ein paar Tricks, nichts weiter. Wenn ich nicht nur ein halber Wassermann wäre, dann vielleicht …«

»Es spielt keine Rolle, wie du aussiehst, Träumer. Es zählt nur, was du tust. Und im Moment ist das jammern.«

Mit zusammengepressten Lippen tauchte Squan seine Hand ins Wasser, griff im Geiste danach. Dann schob er mit einer Handbewegung eine stinkende Welle gegen das massive Mauerwerk. »Soll ich uns etwa mit ein paar lustigen Wellen hier raushauen?«, fuhr er Hael an. »Man sollte nicht auch noch herumplantschen, wenn man ohnehin schon bis zum Hals in der Scheiße steht …« Wasser tropfte von seinen Fingern. »Ich kann gar nichts, Hael … schon gar nicht irgendwen retten … Glaubst du, Éred wird uns bald hier herausholen?«

»Glaubst du, Éred hat nichts Besseres zu tun, als sich um den Verbleib irgendeines dahergelaufenen Taschendiebes und einer Auftragsmörderin unter vielen zu kümmern?« Sie funkelte ihn aus dem einen Auge an, das noch nicht völlig zugeschwollen war.

»Aber ich dachte, ihr wärt …«

Hael schaffte es sogar in ihrem jetzigen Zustand, die Augen zu verdrehen. »Nein, Squan. Der König im Schatten und ich sind kein Liebespaar.«

Das überraschte ihn nun doch. »Es gab Gerüchte …«

»Nur weil ich einmal was mit jemandem hatte, liebe ich ihn noch lange nicht. Du solltest das eigentlich am allerbesten wissen.«

Squan steckte die Hände in die pitschnassen Hosentaschen. »Jaaa, danke dass du darauf herumreitest.« Er betrachtete die massiven Wände um sie herum.

Hael seufzte.

»Vielleicht sollten wir aufhören zu streiten und lieber versuchen, hier rauszukommen«, schlug Squan vor.

»Ja, du hast recht. Ideen?«

Langsam schritt Squan das Gefängnis ab und tastete dabei unter Wasser über die Steine an den Wänden.

»Squan?«

»Das Wasser muss irgendwie hier reinkommen.«

»Ja und?«

»Da, wo das Wasser reinkommt, kommen wir raus.«

»Du denkst also, es gibt einen Kanal?«

Squan richtete sich wieder auf und schüttelte die Hände aus. »Ich denke, wir sind in einem Kanal. Genauer gesagt im Abfluss des Gebäudes.«

»Na toll.« Hael machte eine rüde Geste in Richtung Decke. »Nicht nur, dass wir im Dreck Lichtburgs leben müssen, jetzt scheißt uns auch noch Ark auf den Kopf.«

»Sei froh, vermutlich hat nie einer seiner Handlanger ernsthaft nachgesehen, ob es hier unten einen Ausgang gibt. Ich hätte das zumindest nicht getan, auch nicht auf Befehl.«

Squan atmete tief durch und steckte dann wieder die Hände in die widerliche Suppe. Es half, wenn er nicht zu genau darüber nachdachte, was da an seinen Fingern vorbeischwamm. Er konnte an den Steinen nirgends eine Lücke finden. Seufzend schloss er die Augen und konzentrierte sich. »Halt mal still«, zischte er Hael zu.

Etwas berührte seine Haut, seine Hose zog in eine Richtung. Zum Abfluss. Squan folgte der kaum wahrnehmbaren Strömung. Wieder befühlte er den massiven Stein. Nichts. Aber irgendwo musste das Wasser doch hinfließen?

»Erinner mich daran, Ark den gepflegten Bart abzuschneiden, sollte ich ihm noch einmal begegnen«, sagte er, holte tief Luft und tauchte ab.

Er ließ sich sinken und sah sich um. Genau da, nur einen Schritt entfernt, war ein Gitter in den Boden eingelassen. Bröckchen und anderer Unrat wurden dort hineingesaugt.

Er tauchte wieder auf und wischte sich schnell die Brühe aus dem Gesicht. »Gefunden. Da ist ein Gitter, aber ich denke, zu zweit können wir es öffnen.«

»Ich soll da reintauchen?« Hael sah ihn ungläubig an. »Können wir nicht dem Nächsten, der die Luke da oben öffnet, die Kehle durchschneiden und dann türmen?«

»Hast du deine Messer noch?«

Hael suchte bedenklich viele Stellen an ihrer Kleidung ab. »Ach, verdammt noch mal ... Du weißt aber schon, dass ich die Luft nicht so lange anhalten kann wie du?«

Squan versuchte, sie mit einem Lächeln aufzumuntern. »Hael Schattenklinge wird schon nicht in einem Abwasserkanal ertrinken.«

Hael lachte auf. »Im Schatten wird niemand alt«, antwortete sie nur.

Squan bedeutete ihr noch einmal die genaue Position des Gitters, und gemeinsam tauchten sie ab. Er packte zwei der Gitterstäbe und stemmte sich mit den Beinen gegen den Boden. Hael tat es ihm gleich.

Es war schwerer als erwartet. Irgendwann tauchte Hael auf, kam aber schnell zurück. Noch einmal nahm Squan all seine Kraft zusammen und zog.

Das Gitter gab ruckartig nach; vor Schreck hätte er fast nach Luft geschnappt. Gemeinsam zerr-

ten sie es zur Seite, bevor Squan wieder auftauchte und tief Luft holte. »Das hätten wir schon mal geschafft.«

»Sehen wir zu, dass wir hier verschwinden.« Sie spuckte aus.

Squan atmete tief durch. »Versuch, hinter mir zu bleiben.«

»Was anderes bleibt mir ohnehin kaum übrig, oder?«

Squan antwortete nicht, stattdessen sog er so viel Luft in seine Lungen wie nur möglich und tauchte ab.

Mit kräftigen Zügen schwamm er in das Abwasserrohr. Schlagartig wurde es dunkel um ihn herum. Zum Glück ging es ohnehin nur geradeaus. Er schob sich an den Wänden entlang, um so schnell wie möglich vorwärtszukommen. Ein paar Mal sah er zurück. Haels Silhouette zeichnete sich gegen den fahlen Lichtschein ab, der von ihrem Gefängnis aus bis in das Rohr drang.

Die Dunkelheit um ihn herum erdrückte ihn schier und raubte ihm die Orientierung, sodass er nicht mehr wusste, wo oben oder unten war. Trotzdem zwang er sich dazu, weiterzuschwimmen.

Sein Zwerchfell zog sich krampfartig zusammen; das Signal seines Körpers, dass es nun an der Zeit wäre, umzukehren, da ertasteten seine Hände rostiges Metall: Gitterstäbe. Verdammt, das hätte er sich denken können.

Wieder zog sich sein Zwerchfell zusammen, und der Drang auszuatmen wurde beinahe unerträglich. Doch dort draußen vor dem Gitter schien ein Licht, und Licht versprach Luft. Er musste nur da durch.

Mit den Armen spreizte Squan sich ein und stemmte sich mit aller Kraft mit den Füßen gegen das Gitter. So fest er konnte, drückte er dagegen, bis die Muskeln in seinen Beinen vor Anstrengung zu brennen begannen. Der Luftmangel zerrte an seinen Kräften. Dabei war das Licht so nah. Nur noch ein kleines bisschen fester drücken.

Das Gitter brach aus seiner Verankerung. Die entstandene Lücke war gerade groß genug.

Squans Brustkorb wollte bersten. So schnell er konnte, zwängte er sich hindurch und schwamm dem Licht entgegen.

Endlich durchstieß sein Kopf die Oberfläche, und er sog Luft in seine Lungen. Noch nie hatte die Luft im Schatten so gut geschmeckt.

»Hael?«, rief er mit seinem ersten Atemzug. Tageslicht strömte über ihm durch einen Kanaldeckel in den Tunnel. Er war allein.

»Verdammt!« Ohne zu zögern, tauchte er wieder ab. In dem Becken war nichts außer Unrat. Squan schwamm zurück zu dem schief hängenden

Gitter. Er konnte in der Dunkelheit dahinter nichts sehen, also schob er sich wieder durch die Lücke und tastete das Rohr ab. Seine Finger glitten über etwas, das sich wie Seetang anfühlte. Haare. Er streckte die Arme aus und fand Haels Schultern. Sie rührte sich nicht. Squan zerrte sie in das Becken und hinauf zum Licht. Sie durchbrachen die Oberfläche.

»Hael?«, rief er. »Wach auf! Atme! Verdammte Scheiße noch mal!«

Er zog den leblosen Körper der Schattenkriegerin an den Rand des Kanals und hievte sie auf den Stein. Dann packte er ihre Schultern und schüttelte. »Hael!«, rief er wieder. »Hael, wach auf!« Schließlich wagte er es sogar, ihr ins geschwollene Gesicht zu schlagen.

Haels Kopf rollte zur Seite, und sie erbrach einen Schwall Wasser. Ihr unverletztes Auge öffnete sich. »Hast du mich gerade geschlagen, Träumer?«, krächzte sie.

Squan sackte an ihrer Seite zusammen. »Ich dachte, du wärst ertrunken.« Er wischte sich Wasser aus den Augen.

»Fang jetzt ja nicht an zu heulen.«

Sie hievte sich neben ihm mit dem Rücken an die Steinwand. »Wenn du irgendjemanden erzählst, dass du mir den Arsch retten musstest …«

»Das würde mir doch sowieso keiner glauben.«

»Auch wieder wahr.«

Eine Weile saßen sie so da und konzentrierten sich nur darauf, zu atmen. »Die Kette ist weg«, sagte Squan irgendwann in die Stille hinein.

»War eben nur ein schöner Traum, Träumer.« Hael boxte ihn gegen die Schulter. »Aber bei Sapientia, vielleicht hat es ja einen guten Grund, dass du dem Schatten noch ein wenig länger erhalten bleibst. Außerdem schuldest du mir noch ein Waldbier. Mir und jedem anderen Gast in der Langen Tanne.«

Von Haels schadenfrohem Grinsen wurde Squan ganz übel. »Scheiße«, sagte er nur und vergrub sein Gesicht in den Händen.

MACHTLOS

Gut, es gab Schlimmeres als das Collier zu verlieren, dachte Nejhalania. Einen Wirbelsturm beispielsweise oder ein Erdbeben. Allerdings wäre ihr, bei dem Gedanken, ihrer Großmutter ohne das Collier in der Hand gegenüberzutreten, beinahe das Erdbeben lieber.

»Also, noch einmal und diesmal ganz ruhig und von vorne«, sagte Jonos gerade zu Inera. »Was ist passiert?«

Inera atmete tief ein. »Ich bin gestürzt ... nein, ich wurde gestoßen. Da war ein Erdmann, der mich umgerempelt hat. Und ein anderer, der mir aufgeholfen hat ... Oh, Nejhalania. Es tut mir so leid!«

Nejhalania presste die Lippen zusammen. Das kostbare Collier, weg. Verschwunden. Donna

Herbstregen würde wie ein Feuerzwerg vor Wut in Flammen aufgehen.

»Was sollen wir jetzt tun?« Jonos trat an ihre Seite und brachte sie so dazu, sich wieder zusammenzureißen.

Ja, was sollte sie jetzt tun? Es Donna beichten und die Strafe ertragen? Nein, das war keine Option, nicht, solange sie noch hoffen konnte, dieses protzige Ding wiederzufinden.

»Bist du sicher, dass der Verschluss richtig zu war, Inera?«, fragte sie und ging zurück in die Gasse, in der sie die Talare getauscht hatten. Hektische Schritte folgten ihr.

»Ich glaube schon«, meinte Inera etwas schrill.

»Glauben heißt nicht wissen.« Mit den Blicken suchte Nejhalania den Boden ab. »Du könntest das Collier also genauso gut verloren haben.«

»Wir sollten in Lichtburg zur Wache fliegen und uns Hilfe holen«, sagte Jonos.

»Auf gar keinen Fall! Donna darf nichts von dieser Sache erfahren.«

Jonos zog als Antwort nur die Brauen zusammen, half dann aber bei der Suche.

Gemeinsam schritten sie den Weg von der Gasse bis zu dem Stand mit den kandierten Früchten ab. »Kannst du dich daran erinnern, wie die beiden ausgesehen haben?«, fragte Jonos.

»Die beiden?« Inera war bleich um die Nase.

»Na, die beiden Erdmänner. Der eine, der dich angerempelt hat und der andere, der dir aufgeholfen hat.«

Inera hob den Blick konzentriert in den Himmel. »Sie waren groß und hatten braunes Haar. Ich glaube, sie trugen beide grün ... oder doch nicht? Ich bin mir nicht mehr sicher.« Ihre Augen glänzten wässrig.

Jonos stöhnte und rieb sich die Nasenwurzel. »Nun, die Beschreibung trifft wohl auf jeden Erdmann in ganz Ahrcárra zu ...«

»Entschuldige bitte«, murmelte Inera in Nejhalanias Richtung. »Ich werde es wieder gutmachen. Irgendwie ...« Dann riss sie die Augen weit auf. »Mein Cousin«, rief sie. »Ich habe einen Cousin, der hier in Vierleben bei der Stadtwache arbeitet. Er kann uns helfen, ohne dass Lichtburg oder Lauda Herbstregen etwas davon erfahren.«

Nejhalania nickte zögerlich. Das Collier war auffällig, protzig und viel zu groß. Die Wahrscheinlichkeit, dass es irgendwo unbemerkt im Dreck lag, ging gegen Null. Falls es ein ehrlicher Finder gefunden hatte, so könnte es bereits bei der hiesigen Wache abgegeben worden sein, oder sich auf dem Weg zu einem Stützpunkt der Stadtwache befinden. Sollte es gestohlen worden sein, könnte der Dieb oder die Diebin das Schmuckstück niemals tragen, und selbst der Verkauf soll-

te bei einem für Läufer schier unbezahlbaren Unikat nicht allzu einfach sein.

Nejhalania sah sich um, ihr Blick blieb an einer Straßenkünstlerin hängen, die in einem ruhigen Eck Portraits zeichnete. »Wir brauchen ein Bild.«

Gemeinsam beschrieben sie der Erdfrau das Collier. Innerhalb von Minuten hatte diese zwei detailgetreue Abbilder davon gezeichnet. Nejhalania warf der Künstlerin einen Silbernen zu, was diese mit einer offenen Kinnlade quittierte.

»Also gut. Du fliegst zu deinem Cousin. Jonos und ich werden hier auf dem Jahrmarkt weitersuchen.«

Inera entschuldigte sich noch einige Male. »Ich werde dafür sorgen, dass mein Cousin alle Hebel in Bewegung setzt, um das Collier zu finden.« Mit diesen Worten hob sie schließlich ab.

»Wie geht es jetzt weiter?«, fragte Jonos.

Nejhalania betrachtete die Zeichnung in ihren Händen. Eigentlich wäre sie lieber allein gewesen. Es kostete sie zu viel Kraft, ihre aufkommende Panik vor Jonos zu verbergen. Sie zog sich den Talar enger um die Schultern. »Wir sollten ein paar Schausteller und Standbesitzer in der Nähe befragen. Vielleicht hat jemand etwas gesehen.«

Jonos musterte sie, und Nejhalania versuchte, das Zittern ihrer Flügelspitzen unter Kontrolle zu bringen. »Na gut. Aber denkst du wirklich, diese Läufer werden uns helfen?«

»Bei Sapientia, ich habe keine Ahnung. Aber wir sollten es trotzdem versuchen.« Eine bessere Lösung fiel ihr im Augenblick auch nicht ein.

»Entschuldigt bitte. Dieses Schmuckstück wurde hier auf dem Platz gestohlen.« Nejhalania deutete in Richtung des Standes mit den kandierten Früchten. »Habt Ihr vielleicht etwas beobachtet?«

Die Zwergin mit dem Bauchladen zuckte mit einem Aufschrei vor ihr zurück und lief schnell weiter.

Jonos verschränkte die Arme vor der Brust. »Wirklich höflich diese Zwerge.«

»Irgendjemand wird uns schon helfen. Irgendjemand muss etwas gesehen haben!« Nejhalania ging weiter, zu einer Gruppe junger Erdmenschen, die um ein verschlossenes Fass herumstanden und sich mit Krügen zuprosteten. »Verzeiht«, die Gruppe starrte sie an, als habe sie in ihre Mitte einen Blitz niederfahren lassen, »vielleicht könnt ihr mir helfen.« Sie hielt die Zeichnung hoch.

»Wir? Dir helfen?« Einer der Erdmenschen wandte sich zu ihr um. Er überragte sie um mindestens zwei Köpfe und stierte auf sie herab.

Nejhalania ließ sich davon nicht beirren, sie reckte das Kinn vor und hielt ihm das Bild unter die Nase. »Mir wurde dieses Collier gestohlen. Es

gibt eine Belohnung für Hinweise, die zum Auffinden führen. Habt ihr etwas beobachtet?«

Der Kerl riss ihr den Zettel aus der Hand und hielt ihn seinen Freunden hin. »Die Pute sucht ein Halsband«, sagte er.

»Ich leg ihr gern 'nen Ring um den Fuß«, antwortete ein anderer und lachte dreckig.

Nejhalania riss das Bild wieder an sich und stapfte mit Jonos zusammen davon.

»Nett«, sagte er nur.

»Weißt du, anstatt dumme Kommentare zu machen, könntest du dich auch nützlich machen.« Sie funkelte ihn böse an. Mit jeder Minute, die verging, wurde Nejhalania ungeduldiger und wütender. Vermutlich war es gut, das Inera zur Stadtwache geflogen war. So konnte Nejhalania ihren Frust zumindest nicht an ihr auslassen. Am Ende konnte auch sie nichts für das Verschwinden des Schmuckstücks.

»Wir haben aber nur ein Bild von dem Collier.«

»Dann geh doch bitte den Weg von der Gasse bis zu diesem vermaledeiten Stand noch einmal ab.«

Jonos stöhnte. »Das haben wir doch schon fünfmal getan ... außerdem finde ich es äußerst amüsant, wie du, ohne mit der Wimper zu zucken, auf all diese Läufer zugehst, als wäre es das Normalste der Welt. Vermutlich wurde

noch keiner von denen jemals von einem Lichtburger angesprochen und schon gar nicht um
Hilfe gebeten ...«

»Du findest das also unterhaltsam?« Nejhalania
blieb abrupt stehen und ballte die Fäuste.

Jonos hob die Arme. »Nein, natürlich nicht.
Ich ...«

»Ihr sucht die Kette, richtig?«

Nejhalania und Jonos zuckten gleichzeitig zusammen und wirbelten zu der Stimme herum. Ein
Junge des Wasservolkes stand vor ihnen. Obwohl
er eindeutig noch ein Kind war, musste Nejhalania
zu ihm aufsehen. Die für sein Volk typische haarlo-
se Haut schimmerte blaugrün im Sonnenlicht,
und die Kiemen an seinem Hals flatterten.

Erst als er seine Frage wiederholte, fand Nejhalania
ihre Sprache wieder. »Ja, das tun wir tatsächlich.«

»Wie hoch ist die Belohnung?«

Jonos drängte sich vor Nejhalania. »Es gibt nur
etwas für Hinweise, die zum Auffinden des
Schmuckstücks führen. Nicht für jeden Unsinn,
den du uns auftischst.«

Mit einem wissenden Blick streckte der Junge
die Hand aus. So verblieb er, bis Nejhalania Jonos
zur Seite schob und ihm ein paar Kupferne hinein-
legte. Ihre letzten Münzen.

»Soll das ein Witz sein?«, fragte er und legte die
Stirn in Falten.

»Lass mal hören, ob sich die Investition lohnt.«

Er lachte auf und zog die Nase lautstark hoch. »Ich habe vorhin einen alten Freund«, er meinte offensichtlich genau das Gegenteil, »dort unter dem Torbogen sitzen sehen.« Mit dem Kinn deutete er auf das Ende des Platzes. »Jetzt ist er weg.«

»Das klingt ja sehr interessant«, meinte Jonos gelangweilt.

Nejhalania brachte ihn mit einem Blick zum Schweigen. »Und dieser Freund könnte etwas gesehen haben?«

»Nun«, sprach der Läufer weiter und ließ eine kupferne Münze über seine Finger wandern. Dabei blitzte immer wieder das Wappen Lichtburgs auf. »Das vermutlich auch. Allerdings wollte ich nicht darauf raus. Mein alter Freund ist ein bekannter und nicht zu unterschätzender Taschendieb.« Die Münze verschwand in seiner Faust. »Und ich weiß, wo er sich in der Regel aufhält.«

WIND, DER DIE GLUT
ENTFACHT

»Frühstück, Derk?«

Derk hievte sich mit müden Gliedern auf den Hocker vor dem Tresen und nickte. Das Mädchen dahinter, Eann, stellte ihm in Windeseile einen bunten Teller mit verschiedenen Früchten vor die Nase, zusammen mit einem gut gefüllten Krug Waldbier.

Er sah auf in ihr geschminktes Gesicht. »Frisches Obst?«

»Gestern war der Tag des Spees.« Sie zwinkerte ihm kokett zu. »Und der Hauptmann hat Korri für den ganzen Abend gebucht gehabt. Heute früh stand dann ein Riesenkorb voll mit dem Zeug vor ihrer Zimmertür.«

Derk griff sich eine violette Pflaumenhälfte und schob sie sich andächtig in den Mund. Frisches

Obst gab es selten. Meistens bestanden seine Mahlzeiten aus Eingelegtem, Gepökeltem oder nichts. Nur das Bier, das war ihm hier im Glutofen immer sicher. »Da scheint Korri ja ganze Arbeit geleistet zu haben.«

Die Kleine kicherte. »Hat sie. Wir konnten es alle hören.«

Nach und nach aß Derk und spülte das Ganze mit seinem Bier hinunter. Der Tag begann gut. Wer hätte das gedacht?

»Morgen, Derk!« Lhea kam die Treppe herunter. Sie trug noch nicht ihre leichte Arbeitskleidung, und ein Handtuch hing über ihrem Unterarm. Vermutlich wollte sie nach draußen zum Brunnen, um sich zu waschen.

»Hey Derk.« Xaak stibitzte die letzte Apfelspalte von Derks Teller, und boxte ihm gleichzeitig gegen die Schulter.

Rakka ließ sich schwerfällig neben Derk nieder. Wie immer trug sie ihren Schleier vor Mund und Nase. Eann reichte ihr eine Tasse Tee.

Die Dame des Hauses stöhnte und rieb sich den Nacken, bevor sie den Schleier löste und einen Schluck trank. Tiefe Narben verunstalteten das Gesicht der Zwergin, seitdem einer ihrer Freier im Rausch über die Stränge geschlagen hatte. Sie war dadurch berufsunfähig geworden, aber statt sich im Selbstmitleid zu vergraben, hatte sie ihr Erspartes genommen, das Bordell der alten Hausmutter abgekauft und es zu einem Ort gemacht, in dem die Mädchen und Jungen keine Angst haben mussten. Und falls doch mal einer der Kunden sich nicht zu benehmen wusste, gab es ja Derk, um demjenigen die Fresse zu polieren, nur bei Bedarf, verstand sich. Rakka war allerdings nicht nur die neue Hausmutter, sie war auch die Einzige, die schon lange genug im Glutofen lebte, um zu wissen, warum Derk ständig hier herumhing.

»Der verfickte Clan will den Glutofen dichtmachen.«

»Was?« Derk fiel beinahe der Krug aus der Hand. »Nein!« Sofort wanderte sein Blick die Treppe hinauf.

Rakka wusste natürlich, wohin er sah. »Es ist nur ein Zimmer, Derk.«

Ein Klumpen bildete sich in seinem Magen. Vermutlich vertrug er kein frisches Obst. »Ich weiß.« Derk sah auf seine Hände, die um den Krug lagen.

»Und es wohnt schon lange ein anderes Mädchen darin.«

»Auch das weiß ich.«

Die Zwergin tätschelte seinen Unterarm.

Derk nahm einen großen Schluck. »Was tut ihr, wenn sie euch rausschmeißen?«, fragte er, ohne aufzusehen.

»Wenn wir genug Münzen haben, ziehen wir einfach um. In ein anderes Gebäude ... oder auch in eine andere Stadt. Der Clan ist in den letzten Jahren viel zu mächtig geworden. Ich denke«, sie beugte sich ihm entgegen und sprach nur noch ganz leise, »deren Glut wird vom Wind angefacht.«

Nun sah Derk sie doch wieder an. In Unglauben zog er die Brauen hoch. »Du denkst, das Clanoberhaupt ist ein Himmelsgucker? Wie kommst du darauf?«

Die Hausmutter schnaubte. »Na, woher, wenn nicht aus Lichtburg, haben die sonst genug Gold, um sich quasi die ganze Stadt zu kaufen?«

Mit einem letzten Schluck leerte Derk seinen Krug. »Ich dachte, deren Oberhaupt wär' einfach ein findiges Schlitzohr, das gut mit Münzen umgehen kann.«

Eann nahm seinen leeren Krug entgegen. »Das Clanoberhaupt ist ein Perversling, der uns auf dem Kieker hat, seit wir ihn einmal rausgeworfen haben.«

»Bei Gulos, vielleicht hätten wir damit warten sollen, bis er seine Hose wieder anhatte«, fügte Rakka an. Beide kicherten.

Derk zog den Mundwinkel hoch, allerdings war ihm nicht wirklich nach Lachen zumute. Nicht mehr. »Ich muss jetzt an die Arbeit.« Er schlüpfte in seinen Mantel.

»Kommst du heute Abend wieder?«, fragte Rakka.

»Heute ist der Tag des Caritos«, meinte Eann, »da macht die Garnison früher Feierabend. Viele betrunkene Zwerge mit frischen Münzen im Hosensack.« Sie blinzelte ihm wieder zu.

»Mal sehen«, antwortete er, bevor er den Gemeinschaftsraum des Glutofens verließ und in die Straßen Bilguhrs eintauchte.

Derk schlug den Kragen seines Mantels hoch und zog den Kopf ein. Der Rauch der Eisenhütten färbte den Himmel heute orange, offenbar schien irgendwo da oben die Sonne. Bei jedem Atemzug kratzte es in seiner Kehle. Er räusperte sich und spuckte aus. Dann bahnte er sich mit ausgreifenden Schritten einen Weg durch die Menge. Die meisten Passanten gehörtem dem Feuervolk an und reichten ihm kaum bis zum Bauch. Sie wichen ihm aus, sobald er auch nur in ihre Nähe kam, und daran taten sie gut. Fast alle Zwerge in Bilguhr gehörten dem Khazuxa-Clan an und waren damit schon aus Prinzip Arschlöcher. Als der Clan vor einigen Jahren in die Stadt gekommen war, war Bilguhr noch eine Stadt des Erdvolkes gewesen; die meisten Einwohner arbeiteten als Holzfäller,

und außerhalb der Stadtmauern umschloss der Große Wald die Stadt. Bäume gab es im weiten Umkreis nun nicht mehr, die Zwerge hatten die Erde aufgerissen und den Wald in ihren Öfen verheizt. Verdammtes Feuervolk, es war kein Stück besser als das beschissene Geflügel. Und das Wasservolk bestand auch nur aus Heulsusen, Verrätern und war nie da, wenn man tatsächlich mal einen Heilenden gebrauchen konnte. Derk spuckte noch einmal aus.

Er hörte den Markt, bevor er ihn sah: Die Schreie der Händler, die ihre Waren anpriesen, hallten durch die stickigen Gassen. Derk suchte sich einen seiner Stammplätze aus, nicht zu weit weg vom Getümmel, aber auch nicht so nah, dass ihm ständig die Stadtwache über den Weg lief. Dort holte er die Ware aus seinen Taschen und hängte jedes Schmuckstück an eine eigens dafür vorgesehene Lasche im Futter des Mantels.

Jedes einzelne Teil funkelte und glitzerte, war völlig überladen und wäre protzig gewesen, wenn es denn echt gewesen wäre. Aber alle Ringe, Ketten und Krönchen waren falsch, besetzt mit billigen Glassteinen und beschichteten Holzperlen, bemalt mit Gold- oder Silberfarbe. Falscher Schmuck für echte Sparfüchse. Derk wartete auf den ersten Schnösel, der sich auf die Suche nach Schnäppchen zu ihm verirren würde.

»Verzeiht, Herr. Ihr seht mir wie ein echter Kenner aus.« Derk öffnete seinen Mantel und zeigte dem schnieken Zwerg mit dem geölten Bart seine Auslage. Der Kerl machte Anstalten, wortlos zu verschwinden, blieb aber beim Anblick des Gefunkels stehen. Mit Gold lockte man eben die fettesten Zwerge. Derk verkniff sich ein Schmunzeln.

Der Zwerg kam einen Schritt näher und zog eine Sehhilfe mit aschegrauen Gläsern aus der Tasche, die schob er sich auf die Knubbelnase und kniff die Augen zusammen. »Ist das echt?«

Derk zog pikiert die Luft ein. »Selbstverständlich, der Herr.«

»Und wieso verkaufst du es dann hier hinten und nicht auf der Hauptstraße?« Jetzt musterte er Derk statt den Schmuck.

Derk blinzelte und schniefte. »Das stammt aus dem Nachlass meiner lieben Großmutter, die kürzlich verstorben ist.« Noch ein Schniefen und ein über die Augen wischen. Und schon wandte der Kerl die Augen ab und betrachtete wieder die Auslage. Er putzte seine Sehhilfe mit dem schillernden Stoff seiner Weste. »Nachlass, hm?«

»Ja, alles was mir von ihr geblieben ist. Ich will es nicht an irgendwen verkaufen, sondern nur an jemanden, der seinen Wert zu schätzen weiß ... ei-

nen echten Kenner eben. Ihr erkennt sicherlich ein Unikat, wenn Ihr eines seht, oder Herr?«

Der Zwerg rutschte seine Sehhilfe hoch. »Selbstverständlich. Sicherlich ist es jeden Kupfernen wert, den du verlangst, aber ich trage heute nicht viel bei mir.« Er sah sich um, als würde er einen Taschendieb hinter sich vermuten. Gleichzeitig fasste er sich an die Stelle, an der er seine Münzen unter der Kleidung trug. Das taten die immer.

»Schade, Herr. Ich wollte Euch ein exklusives Angebot machen, denn ich benötige Geld für meine Frau und unsere drei kleinen Kinder. Sie haben Fieber, und ich kann die Heilkräuter nicht bezahlen. Leider eilt es zu sehr, als dass ich lange um den Preis feilschen könnte«, jammerte Derk, rieb sich auffällig die Augen am Ärmel ab und drehte sich, sodass Licht auf die Klunker fiel und sie noch mehr glitzerten als ohnehin schon.

»Hm«, machte der Kerl und strich sich durch den Bart. »Dieses Stück dort könnte meiner Frau gefallen.« Er deutete auf den faustgroßen Anhänger einer Kette.

»Oh, das war eins der Lieblingsstücke meiner Tante. Ich fand immer, es unterstrich ihre würdevolle Ausstrahlung und ihre zeitlose Eleganz.« Dick aufgetragen hielt länger. Derk nahm die Kette aus der Schlaufe und legte sie dem Zwerg gespielt zögerlich in die Hände.

»Habt Ihr eine große Familie, wenn ich fragen darf? Töchter?«, fragte Derk, während der Zwerg den Anhänger in den Händen wog und ihn von allen Seiten betrachtete.

Am Ende kaufte der Volltrottel die protzige Kette und drei Armbänder. Derk grinste über beide Ohren, während er die Münzen in seinem Beutel klimpern ließ. Auch wenn ihm die Neuigkeit über die Zukunft des Glutofens noch schwer im Magen lag, musste er zugeben, dass dies nicht sein schlechtester Tag war. Bisher zumindest.

»Hey, Hackfresse.«

Tja, das war es dann wohl mit dem Glück für heute. Derk rieb sich die Narbe, die quer über seine Nase lief und drehte sich zu Zuldin um. Der verdammte Scheißzwerg lehnte mit den Händen in den Hosentaschen an der verrußten Hauswand. »Machst ein gutes Geschäft mit den Klunkern, oder?«

Derk schnaubte. »Was willst du, Zuldin?«

Der Zwerg zwirbelte eine Seite seines roten Schnauzbarts und stieß sich von der Wand ab. »Ich hab Arbeit für dich.«

»Ich will mit dem scheiß Clan nichts zu tun haben.« Derk knöpfte seinen Mantel zu und machte sich daran zu verschwinden.

»Entweder du nimmst den Auftrag an«, Zuldin senkte seine Stimme bedrohlich, »oder du musst dir bald 'ne neue Masche überlegen.«

Derk, der bereits ein paar Schritte gemacht hatte, blieb wie angewurzelt stehen. »Wieso?« Langsam drehte er sich um.

»Komm mit, wenn du's wissen willst.«

Derk dachte darüber nach. Der Verkauf des gefälschten Schmucks lief im Augenblick so gut, er wollte auf keinen Fall darauf verzichten, und darauf verzichten müsste er wohl, wenn der Clan beschloss, dass er nun lange genug auf ihrem Territorium Geld gemacht hatte. Andererseits: Zuldin zu trauen, war in der Regel keine gute Idee. Was der Zwerg tat, tat er entweder für sich oder den Clan, nie aus Freundlichkeit und schon gar nicht für Derk. Er nickte trotzdem.

»Kluge Entscheidung, Hackfresse.«

Derk konnte gerade noch verhindern, dass er sich schon wieder an die alte Narbe fasste. Stattdessen verschränkte er die Arme und baute sich vor dem Zwerg auf. »Na dann, los. Ich hab nicht ewig Zeit«, sagte er von oben herab.

Zuldin führte ihn weg vom Markt und an den Stadtrand, wo ein langes Lagerhaus am andern stand. Dahinter ragten die Schornsteine der Eisenhütten wie ein steinerner Wald in den Himmel und kotzten Rauch in die Luft.

Zuldin hielt vor einem Lagerhaus inne und schob das Tor auf. Im Inneren warteten zwei griesgrämige, mit Äxten und Keulen bewaffnete Zwerge. Zuldin ließ Derk den Vortritt und verschloss hinter ihnen alles wieder ordentlich. Er hob die Faust zum Gruß, und die Wachen nickten ihm zu. Flackerndes Fackellicht erhellte die hohe Halle. Kisten, Fässer und allerhand anderer Kram stapelten sich hier. Derk konnte keinerlei Ordnung oder System dabei ausmachen. War das hier etwa die Rumpelkammer des Khazuxa-Clans?

Tageslicht fiel durch ein Oberlicht, das von der allgegenwärtigen Rußschicht befreit worden war, hinunter ins Zentrum der Halle, wohin Zuldin ihn brachte. Eine hagere Erdfrau und eine faltige Zwergin saßen dort mit Vergrößerungsgläsern auf den Nasen und vertieft in ihre Arbeit an einem Tisch.

»Wir brauchen mehr Licht«, begrüßte die Zwergin Zuldin.

»Dann klettere aufs Dach und schwing den Lappen«, erwiderte Zuldin, ohne sie eines Blickes zu würdigen.

Die Zwergin fluchte leise und rückte die Kerzen auf dem Tisch noch ein Stück näher.

85

Zuldin ging geradewegs auf einen kleinen Kasten zu, der auf einem Fass thronte. »Dein putziges Schmuckgeschäft läuft gut.«

Derk lachte auf. »Das liegt vermutlich an meinem vertrauenswürdigen Auftreten.«

»Sicher und an deinem einmaligen Verkaufstalent ... Wie auch immer. Damit ist bald Schluss.«

»Ach, und warum?« Derk erwartete irgendeine scheiß Ausrede, die der Clan nutzen würde, um ihm in den Arsch zu treten.

»Wegen dem Geflügel.«

Derk zog die Nase hoch. »Klar doch.«

»Glaub es oder nicht. Tatsache ist, irgendein steinreicher Lichtburger hat sein hübsches Kettchen verloren und zahlt jetzt ein utopisches Sümmchen fürs Wiederauffinden.« Zuldin öffnete das Kästchen mit einem lauten Klicken.

»Und du hast es gefunden und gibst es mir jetzt aufgrund meiner Expertise in diesem Bereich?« Derk schielte auf das Kästchen, verstand aber nicht recht, worauf Zuldin hinauswollte. Sicherlich nicht auf das, was Derk eben vorgeschlagen hatte.

Zuldin lachte. »Sozusagen.« Er öffnete den Kasten. Darin lagen, auf Samt gebettet, drei identische Halsketten. Sie schimmerten wie pures Licht. Eine beeindruckende Arbeit für einen Fälscher.

Zuldin musste Derk sein Erstaunen angesehen haben, denn er feixte unter seinem Bart. »Du kaufst die Repliken bei uns und verkaufst sie auf der Straße für jeden Preis weiter, den du erzielen kannst. So gewinnen wir beide.«

Derk riss seinen Blick von den Schmuckstücken los. »Ich hab nicht wirklich eine Wahl, oder?«

»Das, oder du verkaufst in Zukunft gefälschte Hundehaufen. Denn die Leute wollen bald die hier und nichts anderes mehr.«

»Verdammtes Geflügel ...«, nuschelte Derk und zückte seinen Münzbeutel. »Wiev...«

»Alles, was du hast.«

Zähneknirschend drückte Derk dem Zwerg den Beutel in die ausgestreckte Hand. Er vermisste das angenehme Klimpern jetzt schon.

Zuldin reichte ihm eines der Replikate, und Derk packte das Ding in seine Tasche. Bald würde er ja sehen, ob der Zwerg recht behielt mit dem, was er sagte. Trotzdem fühlte sich Derk, als sei er soeben ausgeraubt worden, nur ohne die übliche Tracht Prügel.

Mit eingezogenem Kopf schlurfte er an dem Tisch mit den beiden Fälscherinnen vorbei. Eine, die Erdfrau, wagte es noch einmal, Zuldin anzusprechen. »Wir müssen das Original noch einmal sehen ...«

Zuldin schlug mit der Faust auf den Tisch. Eine Kerze kippte um und erlosch rauchend. »Schnauze«, zischte er und schielte zu Derk hinüber.

Aha. Das Original. Derk steckte die Hand in die Manteltasche und strich über die gefälschte Kette. Der Clan wusste also ganz genau, wo es sich befand. Vielleicht steckten sie doch nicht mit dem Geflügel unter einer Decke. Zumindest nicht unter einer Daunendecke.

Mit Zuldin im Rücken verließ Derk das Lagerhaus und machte sich auf den Weg ins Stadtzentrum. Das Replikat lag ihm schwer in der Tasche. »Tausch mich aus«, klimperte es bei jedem Schritt. Eine hervorragende Idee, um das Geflügel um ein wenig Gold zu erleichtern, dem Clan eins auszuwischen, den Glutofen zu retten und sich nie mehr Sorgen darüber machen zu müssen, ob er sich bei Bedarf einen Heilenden leisten konnte.

Die nächsten Tage verbrachte Derk in der Nähe des Clanhauses. Nicht nah genug, um von einem der Fenster oder Balkone aus erkannt zu werden, aber doch so, dass er erkennen konnte, wer wann durch den Dienstboteneingang kam und ging.

»Worauf wartest du?«, fragte er jetzt den jungen Erdmann.

»Zwölf«, sagte dieser und schüttelte die Faust. Dann erst warf er endlich die Würfel auf die Decke, auf der sie sich gegenübersaßen. Sie rollten ... und alle drei zeigten eine fünf. Verdammt nah dran. Derk presste die Lippen zusammen. Er nahm seine eigenen Würfel zur Hand, hauchte einen Kuss darauf und schüttelte sie. »Zehn«, sagte er. Wenn die Götter ihm gnädig waren, dann ... verdammt. Eine scheiß Sechzehn.

Der Erdmann lachte auf und steckte die Würfel in die Brusttasche seiner schnieken weißen Jacke. Die andere Hand streckte er aus, um den Gewinn einzufordern.

»Eins von Dreien«, sagte Derk und ließ die verlorenen Münzen von einer Hand in die andere purzeln.

»Ich muss zur Arbeit, das Mittagessen für das Clanoberhaupt vorbereiten.«

»Ach, du bist der Koch?« Derk rutschte in eine bequemere Sitzposition.

Der andere druckste herum. »Nein, das ist so 'ne alte, grimmige Zwergin ... ich schnipsel nur das Gemüse.«

»Na, das Gemüse wird dir wohl nicht davonlaufen. Jetzt sei kein Spielverderber.«

»Wir können morgen noch eins spielen. Jetzt rück schon meinen Gewinn raus!«

»Morgen spiele ich woanders. Beim Markt, da wirst du in deiner Pause wohl kaum hinkommen, oder?« Derk schob die Münzen ein und zückte sei-

ne Würfel. »Doppelter Einsatz diesmal. Ich fang an.«

Der Kerl hob die Hände, um ihn zu bremsen. »Warte mal. So viele Münzen habe ich gar nicht mehr.«

Derk konnte sich ein zufriedenes Lächeln nicht verkneifen. »So eine Schande«, sagte er und tat so, als müsse er nachdenken. »Dann wirst du mir wohl deine schicke Jacke geben müssen, falls ich gewinne. Die bewundere ich schon seit unserem ersten Spiel.«

»Die Jacke?« Die Hände des Erdmannes krallten sich in den Saum. »Das ist nicht meine. Das ist 'ne Arbeitsuniform, die gehört dem Clan.«

»Umso besser. Dann ist es für dich kein Verlust und die«, er nickte hinüber zum Clanhaus, »haben sicher 'nen ganzen Schrank voll mit den Dingern.«

Der Gemüseschnipsler rollte die Würfel in seiner Hand herum, schließlich nickte er. »Dann aber schnell.«

»Vierzehn«, sagte Derk an. »Meine Glückszahl.«

Die Würfel landeten auf einer Elf. Nah dran, gar nicht schlecht.

»Die Zahl der Götter.« Der Kerl schmunzelte abfällig. »Bist du abergläubisch, oder wie? Fünf.« Er warf selbst die Würfel.

Derk lachte auf. »Nein, ich denke einfach nur, dass es keine gute Idee ist, es sich mit den Göttern zu verscherzen.« Die Würfel des anderen zeigten eine Dreizehn. Damit ging die Runde an Derk. Gleichstand. Jetzt musste er nur noch einmal gewinnen. Leider hatte er seine Glückszahl schon verpulvert.

Der andere Erdmann schüttelte die Würfel in der Faust. »Letzte Runde für heute.«

»Versprochen.«

»Ich nehm die Fünfzehn.« Er warf die Würfel, die auf einer Siebzehn landeten. Puh, das war ziemlich gut ... für den Schnipsler.

Derk atmete tief ein und hielt sich seine Würfel an die Lippen. Sie durften ihn jetzt nicht im Stich lassen. Bei Gelegenheit sollte er sich unbedingt einmal gezinkte Exemplare zulegen. Einen Moment nahm er sich Zeit, über seine Vorhersage zu grübeln. Eigentlich wollte er am liebsten noch einmal die vierzehn nehmen. Aber zweimal hintereinander die gleiche Zahl zu wählen, hatte ihm in der Vergangenheit kein Glück gebracht.

»Sieben.« Die Anzahl der Götter und gleichzeitig die Anzahl der Ungötter. Derk warf, und die Würfel rollten.

Der erste blieb neben seinem Knie liegen. Eine Eins. Nun ja, besser als eine Sechs.

Der zweite rollte bis in den Straßenstaub. Fünf. Scheiße.

Der dritte Würfel kullerte gegen eine Falte in der Decke, und blieb auf der Kante liegen. Derk und der Gemüseschnipsler starrten ihn an, bis er endlich kippte. Eine Eins.

Derk sprang auf und warf die Faust in die Luft. »Ja! Gewonnen!«

Der andere Erdmann kam murrend auf die Beine und zog die weiße Jacke aus. »Die ist dir viel zu klein, außerdem stinkt sie nach Zwiebeln und faulen Eiern.«

Derk nahm sie grinsend an sich. »Das lass mal mein Problem sein.«

Die Jacke war ihm tatsächlich zu klein, die Knöpfe spannten über seiner Brust, und er konnte die Arme kaum nach vorne heben. Und sie stank nach Zwerg. Trotzdem bestand seine größte Sorge darin, dass es dem Küchenpersonal im Haus des Khazuxa-Clans untersagt sein könnte, ihren Arbeitsbereich zu verlassen. Aber darauf musste er es wohl ankommen lassen, denn das, was er suchte, würde er nicht in einem Kochtopf finden.

Völlig selbstverständlich ging er durch den Dienstboteneingang in das Clanhaus hinein. Er grüßte eine Frau, die ebenfalls eine weiße Jacke trug und einen Mann in roter Kleidung. Keiner schien irgendwie überrascht davon zu sein, dass sie Derk zum ersten Mal sahen. Vermutlich war die Fluktuation unter den Dienern des Clans groß. Das konnte Derk durchaus nachvollziehen. Er hatte noch keine drei Schritte in das Gebäude gesetzt und freute sich jetzt schon darauf, wieder draußen zu sein.

Im Vorbeigehen schnappte sich Derk ein Tablett mit einigen Tassen und marschierte damit die nächstbeste Treppe hinauf. Das Arbeitszimmer des Oberhaupts, wo Derk das scheißteure Schmuckstück vermutete, befand sich vermutlich irgendwo oben.

Sein Vorteil war, dass die schnöseligen Zwerge hier im Clanhaus keinerlei Notiz von ihren Dienern nahmen. So konnte Derk einfach durch die Gänge schlendern, das Tablett mit leeren Tassen vor sich wie ein Schild, und sich umsehen. Er passierte einen üppig bepflanzten Innenhof voller Blüten in den verschiedensten Rottönen im Schatten eines Säulenganges mit dem in solchen Villen üblichen Wasserbecken, in dem aber Kohlen lagen und in dem ein großes Feuer brannte. Wo man hinsah, Mosaike, vornehmlich in Flammenmustern in Rot, Orange und Gelb. Die Abbilder der Götter Fidea und Fortitudos zierten die Wände. Vertäfelte Säulen stützten das erste Geschoss. Er ließ den Eingangsbereich am Haupttor

links liegen, wo ein grimmiger Torwächter saß und jeden, der vorbeikam, böse anstarrte.

Wenn Derk doch nur wüsste, wo sich dieses Arbeitszimmer befand ... Wenn das so weiterging, müsste er hinter jeder Tür nachsehen, die vom Innenhof in eins der zahlreichen Zimmer führte. Scheiße, hier konnte er suchen, bis er erwischt wurde, und dann würden ihn Zuldin und seine Zündlertruppe bei lebendigem Leibe rösten. Vermutlich sogar über dieser Kohlengrube da drüben.

Derk war drauf und dran, das Tablett samt Tassen auf den Boden zu schmettern und sich vom Acker zu machen. Da zupfte jemand an seiner weißen Jacke.

»Was machst du denn hier?«

Derk fuhr herum und hätte dem Mädchen fast die Kante des Tabletts ins Gesicht geschlagen. »Eann? Dasselbe könnte ich dich auch fragen!«

Eann sah sich um und zog Derk hinter eine der Säulen. »Ich arbeite hier tagsüber.«

»Seit wann?«, fragte Derk erstaunt. Das Erdmädchen war sonst immer für ein Würfelspiel oder ein Bierchen im Glutofen gewesen. Auch tagsüber.

»Seit Kurzem erst. Ist meine Alternative, wenn sie den Glutofen dichtmachen. Ich hab Familie und brauche ein sicheres Einkommen, also putze ich die Latrinen des Clans.« Sie senkte den Blick. Dort stand ein Eimer voll Wasser.

»Puh, schmutzige Arbeit.« Derk rümpfte die Nase.

»Auch nicht viel schmutziger als das andere. Nur schlechter bezahlt … aber zu einer anderen Hausmutter gehe ich nicht.«

Das konnte Derk durchaus verstehen. Den Mädchen in anderen Häusern ging es oft bedeutend schlechter als denen des Glutofens. Zumindest seit Rakka das Bordell führte.

»Aber was machst du nun hier?«, hakte Eann nach.

»Ich …« Derk war sich nicht sicher, wie ehrlich er sein sollte. »Ich suche das Arbeitszimmer des Clanoberhaupts«, gab er zu.

Eann zog die Stirn in Falten, stellte aber keine Fragen. »Komm«, sagte sie. »Der Perversling hat eine eigene Latrine.«

Die Kleine führte Derk an dem brennenden Becken vorbei und einen weiteren Säulengang mit Blick auf den Garten entlang. Dieser endete an einer zweiflügeligen Tür. »Hier ist es.« Eann zeigte mit dem Wassereimer darauf. »Ist jetzt vermutlich abgeschlossen, denn das Oberhaupt ist bei irgendeiner wichtigen Besprechung.«

Probeweise versuchte Derk, die Tür zu öffnen. Eann hatte recht. Er warf noch einmal einen Blick über die Schulter, kniete sich dann vor das Schloss und zog seine Sonden aus dem Ärmel.

Eann hinter ihm schnappte nach Luft. »Du bist ja ein Einbrecher.«

Derk hielt inne. »Und du bist 'ne Hure.« Er konzentrierte sich wieder auf das Schloss. Trotzdem hörte er Eann fluchen. »Was? Ich dachte, wir sagen uns gegenseitig, was unsere Arbeit ist.«

»Ich dachte eben, du hättest eine richtige Arbeit, Arschloch.« Sie klang ganz eindeutig eingeschnappt, dabei hatte Derk nur die Wahrheit gesagt.

Er fand einen leichten Widerstand und drückte den Kolben sanft nach unten. »Hast du gedacht, ich wäre hier, um dem Oberzwerg da drin den Schwanz zu lutschen?« Ein leises Klicken ertönte, und Derk steckte die Dietriche zufrieden zurück in ihr Versteck in seiner Tunika. Er richtete sich auf und öffnete die Tür.

»Weißt du was, mit dieser illegalen Scheiße will ich nichts zu tun haben ... Ich verschwinde hier.« Eann klammerte sich mit beiden Händen an ihren Putzeimer und drehte Derk den Rücken zu.

Er streckte sich und hielt sie am Arm fest. »Du wirst mich doch nicht an die Zwerge verpfeifen, oder?«

Eann zögerte, und die Falte zwischen ihren Brauen vertiefte sich. »Nein«, sagte sie schließlich. »Aber wenn sie dich erwischen, dann kennen wir uns nicht.«

Derk nickte und ließ sie los. Sofort machte sie sich vom Acker.

Hoffentlich hielt sie Wort. Mit einem mulmigen Gefühl trat Derk in die Räume des Clanoberhaupts und schloss die Tür in seinem Rücken.

Mindestens ein Dutzend tote Hirsche starrten ihn von den Wänden an. Ihre Geweihe dienten als Kerzenhalter, und es gab viele Kerzen im Raum. Sogar von den Hauern eines beeindruckend großen Eberschädels tropfte Wachs. Ausgestopftes Geflügel, das nichtmenschliche, spreizte die Schwingen und reckte die Schnäbel in die Höhe. Neben den ganzen Jagdtrophäen hingen Zeichnungen und Skizzen an den Wänden, lagen auf Tischchen und sogar auf dem Boden. All diese Bilder zeigten das Innenleben sämtlicher Viecher, die Derk sich nur vorstellen konnte. Er wandte den Blick ab. Dieser Zwerg schien da einem äußerst morbiden Freizeitvergnügen nachzugehen.

Ohne sich seine Umgebung weiter anzusehen, ging Derk durch den Raum, auf den großen hölzernen Schreibtisch zu. Darauf lagen neben Stapeln mit leerem Zeichenpapier auch Kohlestücke, Schreibfedern und Tintenfässchen. In einem klei-

nen Kästchen lag ein Brief, beschwert mit einem fast fingerlangen, geschliffenen Edelstein. Seine Spitze zeigte auf den Namen Qaggar. Und neben dem Kästchen, zwischen all dem unnützen Kram, thronte ein Samtkissen voller fingernagelgroßer Diamanten, die schimmerten, als hätten die Sterne ihr Licht auf den Tisch gerotzt. Derk schüttelte den kitschigen Gedanken ab. Da lagen nur ein paar verschissene Einzelteile vor ihm. Sollte dieser Mist hier das Original sein?

Er holte seine Fälschung aus der Tasche und legte sie daneben. Eindeutig, das hier musste das Original sein. Oder zumindest ein Großteil davon, denn wenn er das Ganze mit seinem Exemplar verglich, dann fehlten offenbar ein paar Steinchen und ein Teil der Fassung. Verdammt noch mal. Sein Plan, das Original und die Fälschung zu vertauschen, war damit gegessen und die ganze Aktion völlig umsonst.

Er krallte die Finger um das Replikat. Am liebsten hätte er es gegen die Wand geschleudert und sich verpisst, zögerte aber dann doch. Mit der anderen Hand strich er vorsichtig über einen der glänzenden Steine. Es waren so viele …

Ohne noch länger darüber nachzudenken, griff Derk sich einen davon, nicht den größten, aber auch nicht den kleinsten, und betete zu Luxurios, dass er wieder heil aus dem Clanhaus herauskam.

Der Ungott der Habsucht hatte Derk offenbar erhört. Zumindest schaffte er es unbehelligt zurück in den Glutofen.

Rakka saß an einem der Tische im Gemeinschaftsraum, hinter dem Schleier eine Pfeife im Mundwinkel und in ihre Arbeit vertieft. Sie sah von den Papieren auf, über denen sie gerade brütete, und ihre Augen weiteten sich vor Überraschung, als er ungewohnt leichtfüßig auf sie zumarschierte. Fast fiel ihr die Pfeife vom Mund aufs Papier, aber sie fing sie gerade noch. Derk zog sich den Stuhl ihr gegenüber heran und setzte sich rittlings darauf.

»Was ist das da in deinem Gesicht, Derk?«

»Das?« Er deutete auf seinen Mund. »Das ist ein siegessicheres Lächeln. Ich habe nämlich die Lösung unseres kleinen Problems in der Tasche.«

»Ach?«

Er fischte den Klunker hervor und knallte ihn der Hausmutter auf die Papiere.

Die rückte erschrocken ein Stück vom Tisch weg. »Was ist das für ein Stein?« Sie musterte Derk, als sähe sie ihn zum ersten Mal.

»Ein teurer … damit kannst du den Glutofen retten.« Das Ding schimmerte sogar im diesigen Licht der Schankstube, als würde es von innen heraus leuchten.

Rakka nahm den Stein vorsichtig zwischen Zeigefinger und Daumen und drehte ihn vor ihren Augen herum. Es fehlte nur noch, dass sie ihn in den Mund steckte und daraufbiss. »Ich soll damit den Khazuxa-Clan bestechen, damit wir bleiben können?«

»Nun ja, es wäre vermutlich besser, wenn du ihn verkaufst und das Gold verwendest. Zumindest würde ich dir das empfehlen.« Derk zwinkerte Rakka vielsagend zu.

Die runzelte die Stirn. »Derk, der Glutofen ist bereits verkauft. Es ist zu spät ...«

Sie hätte ihm genauso gut den Stuhl unter dem Arsch wegziehen können. »Wie meinst du das?«

Rakka hielt ihm den Klunker wieder hin. »Ich habe dem Baum bereits die Wurzeln gekappt oder wie auch immer du das sagen würdest. Der Glutofen ist auf jeden Fall Geschichte. Bis in ein paar Wochen müssen ich und die Mädchen weg sein.«

Weg? Derks Blick wanderte die Treppe hinauf. In Gedanken ging er den schummrig beleuchteten Gang mit dem fleckigen roten Teppich entlang und blieb vor der dritten Tür auf der linken Seite stehen. Er fuhr noch einmal den Namen auf dem Schild mit dem Zeigefinger nach, auf dem eigentlich schon seit Jahren ein anderer stand. Es war nur ein Zimmer, eines, das er seitdem nicht mehr betreten hatte, aber bisher war es immer da gewesen, um seine Erinnerungen wachzuhalten. Bittersüße Erinnerungen.

Auch damals schon war er zu spät gekommen.

Derk stand auf, riss ihr den Stein aus der Hand und knallte ihn noch einmal vor ihr auf den Tisch. Rakka zuckte vor Schreck zusammen. »Dann mach es rückgängig!«, brüllte er sie an.

Sie holte tief Luft und stand ebenfalls auf. Seelenruhig strich sie sich den Schleier vor Nase und Mund glatt. »Nein.« Ihre Stimme klang fest entschlossen und nahm Derk jede Hoffnung. »Wir werden Bilguhr verlassen. Alle zusammen. Das ist längst überfällig.« Rakkas Stimme wurde wieder weicher. »Schließ dich uns an, wenn du willst.«

Derk plumpste zurück auf den Stuhl. Der kostbare Diamant lag zwischen ihnen auf dem Tisch. Bilguhr verlassen? Die Stadt war seine Heimat, seit er als Junge die Grünen Ebenen hinter sich hatte lassen müssen. Hier hatte er Freunde gefunden, fast so etwas wie eine neue Familie. Hier war er zu dem geworden, der er heute war.

Derk schüttelte den Kopf, ohne die Hausmutter anzusehen. »Das ist mein Zuhause.«

Wieder stand er auf, dieses Mal zögerlich. Auf einmal fühlte sich alles wieder schwer an. Das Lächeln war aus seinem Gesicht verschwunden. Er wandte sich zum Gehen.

»Was ist mit dem Stein, Derk?«, rief Rakka ihm nach.

Er winkte ab. »Nehmt ihn und baut euch damit ein neues Leben auf. Ich bin mit meinem alten noch nicht fertig.«

Es wurde bereits dunkel, als Derk sich auf den Weg zu seinem Versteck machte, in dem er seit so vielen Jahren nun schon wohnte. Der Rauch in der Luft schmeckte heute Abend nach den alten Zeiten und damit fast süß, auch wenn er ihn wie immer zum Husten reizte. Die Straßen und Wege waren Derk wohlvertraut, und er achtete kaum darauf, wohin er ging. Vielleicht bemerkte er Zuldin und seinen Schlägertrupp deswegen erst, als um ihn herum die Fackeln in ihren Händen Feuer fingen.

»Hackfresse, was soll das lange Gesicht?« Der Zwerg trat mit verschränkten Armen aus dem Schatten. Die Lücke, die er in Derks Umzingelung hinterließ, wurde sofort von einer weiteren Fackel geschlossen.

»Was willst du schon wieder von mir?« Derk wich einen Schritt zurück, fühlte aber sofort die Hitze einer Flamme im Rücken. Er hatte absolut keine Lust, sich mit diesen scheiß Zwergen zu beschäftigen. Wobei eine kleine Schlägerei ihm vermutlich ganz guttun würde. Allerdings nur eine, bei der er sich keine Brandblasen holte.

»Was ich will? Kannst du dir das nicht denken? Ich will den Stein, Derk!«

Derk ballte die Fäuste. Also hatte die kleine Hure ihn doch verraten, um ihre neue Arbeitsstelle zu behalten. »Wie kommst du darauf, dass ich ihn habe?«

Auf die Frage ging Zuldin nicht ein. Er nickte seinen Handlangern zu, und ein halbes Dutzend stürmte auf Derk ein. Die Zwerge packten ihn an den Armen, zerrten ihn gemeinsam zu Boden und hielten ihn mit ihren brennenden Fäusten in Schach. Ein weiterer Zwerg trat zu ihm und begann, alles aus Derks Taschen auf die Straße zu werfen. Ein paar Kupferne, seine Würfel, sogar die beiden Sonden aus dem Versteck in seinem Ärmel. Am Schluss zog der Kerl das Replikat der Kette hervor und reichte es Zuldin.

»Ist das alles?«, fragte der mit zweifelndem Blick. Er kam auf Derk zu und blieb über seinem Gesicht stehen. Von dort oben starrte der Zwerg ihn lange an. Vermutlich genoss er es, zur Abwechslung einmal auf Derk herabsehen zu können.

Schließlich spuckte er ihm ins Gesicht. »Da hast du ja noch mal Glück gehabt. Aber merk dir eins, Hackfresse, hier in meiner Stadt wirst du nicht so schnell noch mal dein Glück machen können. Die guten Zeiten sind jetzt ein für allemal vorbei.«

Gute Zeiten, sagte der kleine Scheißer. Als ob Derk in den letzten Jahren gute Zeiten verlebt hätte. Trotz flammte in ihm auf. Mit zwei Zwergen auf dem Rücken, zwei an seinen Armen und zwei auf seinen Beinen, stemmte er sich hoch. Es war ihm egal, ob sie ihm mit Feuer drohten oder seiner Sammlung an Brandnarben neue hinzufügten. Sollten sie ihn doch grillen, dann hätte er diesen ganzen Mist zumindest endlich hinter sich.

Mit wütenden Schreien purzelten die Zwerge von seinem Rücken und den Beinen. Die an den Armen schleuderte Derk mit einem grollenden Knurren ab. Dann ballte er die Fäuste, bereit auf Zuldin loszugehen.

Der schnippte nur grinsend mit den Fingern, und um seine Hände züngelten Flammen auf. »Endlich!« Das plötzliche Licht blendete Derk, und er kniff die Augen zu. Dann trat er einen Schritt auf Zuldin zu.

Ein Zwerg sprang ihm in die Kniekehlen, und Derk knickte ein. Zwei weitere stürzten sich auf ihn und zerrten ihn zu Boden. Schwere Stiefel trafen seinen Bauch, seinen Rücken, traten ihm immer wieder in die Rippen. Er schnappte röchelnd nach Luft. Ein steinharter Absatz nagelte sein Gesicht auf den Boden.

»Du weißt einfach nie, wann Schluss ist, Dreckfresser«, sagte Zuldin.

Warum verbrannten sie ihn nicht einfach? Derk wandte den Blick auf die Kiesel vor seiner Nase und wartete darauf, dass es endlich endete.

»In Zukunft wirst du das Doppelte für die gefälschte Kette zahlen. Ich hab dich im Auge, also komm ja nicht auf die Idee, irgendwas anderes zu verkaufen als das, was ich dir erlaube. Verstanden, Hackfresse?«

Derk biss die Zähne zusammen und versuchte noch einmal aufzustehen. Doch die Zwerge hielten ihn unbarmherzig am Boden und die auflodernde Hitze in seinem Rücken ließ Derk vor Schmerz stöhnen.

»Verstanden?« Zuldins Atem strich über seine Wange. Er stank nach Schwefel. »Verstanden«, presste er hervor.

Zuldins Zähne blitzten im Feuerschein auf. »So ist es recht.«

Der Druck verschwand von Derks Kopf. Das Trappeln von Schritten und Lachen, das in den Gassen widerhallte, dann waren die Zwerge mitsamt ihrem Feuer verschwunden.

Derk blieb liegen. Ihm fehlte die Kraft aufzustehen, als hätten die Zwerge auch die mit sich genommen. Eigentlich könnte er einfach liegen bleiben, bis er einschlief. Wer weiß, vielleicht wachte er auch gar nicht mehr auf? Ohne den Glutofen gab es

ohnehin niemanden mehr, der ihn vermissen würde. Niemanden, für den er weitermachen musste.

Er schloss die Augen. Wieder ging er den spärlich beleuchteten Gang hinunter, bis zur Zimmertür.

Aber anders als sonst stand die Tür diesmal einen Spalt offen. »Komm doch rein«, rief jemand.

Derk schob die Tür auf. Dinya räkelte sich auf ihrer Pritsche. »Ach, du bist es«, sagte sie grinsend. Sie angelte sich einen Krug vom Boden und trank einen großen Schluck. »Bier?«

Derk nickte und setzte sich zu ihr. »Wie geht's dir?«

»Gut, wieso?«

»Rakka meinte, du hättest wieder Fieber.« Er streckte die Hand aus, um ihre Stirn zu fühlen, aber Dinya wich ihm aus.

»Ach, Unsinn. Mir geht es gut.«

»Du sollst doch nicht arbeiten, wenn du krank bist.«

Dinya prustete. »Wenn ich nicht arbeite, verdiene ich nichts, und dann wirft mich die Hausmutter aus meinem Zimmer und gibt es einer anderen. Einer schöneren.«

Derk strich ihr eine pechschwarze Haarsträhne aus dem Gesicht. »Unmöglich.«

»Schleimer.« Dinya lachte. Ihr Lachen war das dreckigste Lachen, das Derk je gehört hatte. Und so echt. Er liebte alles daran.

»Ich meine es ernst, Dinya. Ich will nicht, dass dir etwas passiert.«

Das Lächeln verschwand aus ihrem Gesicht. »Und ich will nicht bemuttert werden, Derk. Das weißt du. Ich tue, was ich tun muss, um zu überleben. Und das solltest du auch.«

Derks Atem wirbelte Ruß vom Pflasterboden auf, der ihn zum Husten brachte. Er versuchte, Dinyas vertraute Züge festzuhalten, doch das Bild verblasste und hinterließ nur den Geschmack von Waldbier auf seiner Zunge.

Mit einem trotzigen Schnauben hievte er sich in den Sitz. Dinya hatte wie immer recht. Das Einzige, was er tun konnte, war zu überleben.

IN DER DUNKELHEIT FINDET MAN NICHTS

»Wir sollten hier nicht sein. Es ist viel zu gefährlich.«

Wenn sich Nejhalania dieses Gejammer noch lang anhören musste, dann würde es heute noch einen Orkan geben. »Vorhin warst du noch nicht so kleinlaut, wo bleiben jetzt deine unterhaltsamen Kommentare?« Sie warf Jonos einen vorwurfsvollen Blick über die Schulter zu und ging weiter die schmale Gasse hinunter.

Nach kurzem Zögern folgte Jonos ihr. »Vorhin waren wir noch am Regierungsplatz, umgeben von Stadtwachen und anständigen Bürgern.«

»Und Taschendieben, nicht zu vergessen.« Darauf sagte er nichts mehr. »Jonos, jetzt mach dir mal nicht in den Talar. Wir sind hier nur am Rand des Schattens, nicht im Zentrum. Es ist Sonnen-

stunde, und wir sind zwei voll ausgebildete Wettermagier. Was bitte soll denn passieren?« Was, das schlimmer wäre als Donnas Wut über den Verlust des Colliers? Bei dem Gedanken daran, was ihre Großmutter tun würde, erschien es ihr sogar weniger riskant, ein gemütliches Picknick direkt unter der steinernen Wurzel Lichtburgs abzuhalten. Oder gleich dorthin umzuziehen …

Jonos spähte um das Eck eines Hauses, von dem der Putz bröckelte und stieg mit einem großen Schritt über die Abfälle, die den Regenabfluss in der Mitte des Weges verstopften und auf die Pflastersteine quollen. Seine Flügel hatte er unter seinem Talar zusammengefaltet, ebenso wie Nejhalania. Das würde zwar nicht ernsthaft verbergen, dass sie dem Himmelsvolk angehörten, aber es fühlte sich sicherer an. Denn Jonos hatte nicht unrecht: Selbst ein Besuch am Rand des Schattens barg seine Risiken, und als Lichtburger hatten sie hier absolut nichts verloren. Das Viertel im Zentrum der Hauptstadt war gefährlich und schmutzig, ein Irrgarten aus Straßen und Gassen. Hier wuchsen die Gebäude schief in den Himmel, und es wurde auf den Wegen so eng, dass sie ihre Flügel nicht einmal im Notfall öffnen könnten.

Nejhalania sah in den Himmel hinauf. Die Stadt der Türme war von hier aus so nah, dass sie das Sonnenlicht beinahe ganz verschluckte. Und auch wenn sie sich noch nicht direkt darunter befanden, drang der unerträgliche Gestank des Abwassers Lichtburgs bereits bis zu ihnen vor. Nejhalania presste sich ein Taschentuch an die Nase und zog die Kapuze ihres Talars tiefer ins Gesicht.

»Wir haben keine Gewitterstäbe bei uns, und ich wurde nicht in den Windklingen ausgebildet ... Gegen ein Messer können wir nicht viel ausrichten«, führte Jonos das Gespräch fort.

Er hatte recht. Auch Nejhalania war nicht in der Kampfkunst ausgebildet worden. Wieso auch? Sie wollte auf dem Wind unter den Flügeln ihrer Großmutter gleiten und keine Armee anführen. »Bringen wir es einfach hinter uns. Mit ein wenig Glück war dieser Taschendieb der Übeltäter, und wir schüchtern ihn durch unser Auftauchen dermaßen ein, dass er uns das Collier einfach wieder zurückgibt. Ende der Geschichte.«

»Na, dann lass uns zu Sapientia und Temperantios beten, dass es so kommt.« Jonos deutete die schmale Gasse entlang. »Wir sind da.«

Mit einem mulmigen Gefühl schob sich Nejhalania an ihm vorbei und ging weiter auf das Häuschen zu, das sich unter eine schief gewachsene Tanne duckte. Nejhalania hätte nicht erwartet, hier einen Baum zu finden; wobei es im Schatten sicherlich

auch den ein oder anderen Erdmagier gab. »Bete am besten zu allen anderen Göttern gleich mit.«

Vor dem Eingang zur Taverne verharrten sie. In die Holzbalken des Gebäudes waren Leuchtrunen geschnitzt, die jetzt mitten am Tag nur als dunkle Umrisse zu erkennen waren. Es klang nicht so, als würde sich eine Menge Gäste in der Wirtsstube aufhalten, was wenig verwunderlich war zu dieser Stunde. Trotzdem zögerte Nejhalania. Zum Glück trug sie immer noch Ineras Talar, denn ihrer wäre halsbrecherisch auffällig gewesen. Auch Jonos wirkte beinahe schon gutbürgerlich gekleidet. Trotzdem würden sie beide herausstechen wie der Pfau im Taubenschlag.

Nejhalania betrachtete das Schild über der Eingangstür. Die Schrift darauf war ausgeblichen und kaum mehr zu lesen. »Bringen wir es hinter uns«, flüsterte sie mehr zu sich selbst. Jonos nickte nur.

Die Tür öffnete sich mit einem durchdringenden Quietschen, sodass sich ihnen sofort alle Gesichter im Inneren zuwandten. Modriges Stroh bedeckte den Dielenboden der Taverne, und so roch es auch. Tische und Hocker standen an den Wänden entlang aufgereiht. In einem Eck gab es eine kleine Holzbühne, und gegenüber dem Eingang befand sich der Tresen. Wie erwartet saßen nur wenige Besucher an den Tischen. Eine Gruppe Erdmenschen in schwarzer Kleidung war mitten in einem Würfelspiel. Die Würfel rollten noch, als sie aufsahen und auf Nejhalania und Jonos starrten. An einem Tisch in einem dunklen Eck neben dem Tresen saß eine zierliche Frau, ebenfalls in Schwarz, die sich mit einem viel zu großen Messer in den Fingernägeln herumpulte. Auf einem Hocker neben ihr lag ein fadenscheiniger brauner Mantel. Nejhalania fühlte den Blick ihrer dunklen Augen auf ihren Schwingen. Sie zog die Kapuze tiefer. Mit möglichst festen Schritten durchquerte sie den Raum und blieb direkt vor dem Wirt stehen, der hinter dem Tresen mit seiner fleckigen Schürze Krüge polierte.

Nejhalania rümpfte die Nase. Er tat bei ihrem Anblick dasselbe. »Na ... Was darf's sein?«, fragte er widerwillig.

»Wir suchen jemanden.« Nejhalania beugte sich über den Tresen. »Einen Taschendieb. Erdvolk, braunes Haar.«

Der Wirt stellte den eben gesäuberten Krug zur Seite und griff sich den nächsten aus einer Schüssel mit braunem Wasser. »Ihr sucht einen Dieb aus dem Erdvolk? Ihr wisst aber schon, wo ihr hier seid, na?«

»Uns wurde gesagt, dass er sich hier häufig aufhält.«

»Na dann …« Der Wirt richtete sich grinsend auf und hielt die Hand an den Mund. »Hey, das Geflügel sucht 'nen Dieb. Habt ihr zufällig einen gesehen?«, rief er quer durch den Raum.

Tosendes Gelächter antwortete ihm. Die Erdmenschen stemmten ihre Krüge in die Luft und prosteten ihnen zu.

Jonos spannte sich an. Er warf ihr einen Blick zu, der eindeutig »Lass uns hier verschwinden« sagte. Die niedrige Decke und die Enge des Schankraums machten ihn vermutlich ebenso nervös wie Nejhalania.

Nur zu gern hätte sie ihm zugestimmt, stattdessen zog sie die Zeichnung aus der Innentasche ihres Talars. »Mir wurde dieses Collier gestohlen.« Sie knallte das Papier auf den Tresen und bemerkte erst zu spät den nassen Fleck auf dem Holz. Das Bild färbte sich dunkel.

Der Wirt warf einen halbherzigen Blick darauf. »Hübsch«, meinte er. »Sieht teuer aus.«

»Wirst du dich an die Stadtwache wenden, sollte es hier zufällig auftauchen?«, fragte sie. Sie fixierte ihn mit ihrem Blick, und der Mann hielt tatsächlich in seinem Tun inne. Er wirkte, als hätte er an irgendetwas zu kauen, vielleicht an seiner Antwort. Sein Blick huschte zu der Frau am Tisch neben dem Tresen, die immer noch mit dem Messer in der Hand spielte. Sie hob den Dolch und stach ihn in die Tischplatte, wo er schwingend stecken blieb. Dann stand sie auf und kam mit einem kühlen Lächeln zu ihnen herüber. Sie lehnte sich gegen den Tresen. Sofort zapfte ihr der Wirt einen Krug, den sie mit einem Wink ablehnte. »Du kannst doch nicht diese Plörre servieren, Taak. Nicht, wenn wir solch erlesene Gäste haben«, meinte sie. Ihre Stimme klang überraschend rauchig.

Nejhalania wich automatisch einen Schritt zurück, fasste sich aber schnell wieder und straffte die Schultern. Jonos trat an ihre Seite. »Wir wollen keinen Ärger«, sagte er und verschränkte die Arme.

»Wer will das schon?« Auch die Fremde richtete sich auf. Sie war kaum größer als Nejhalania, und sie trug ebenso figurbetonte Kleidung wie Himmelsmenschen unter ihren Talaren. Auf einer Seite ihres Kopfes hatte sie sich das Haar bis übers Ohr abrasiert. Sie sah jung aus, vermutlich jünger, als sie war. Nur die beinahe schwarzen Augen in ihrem Puppengesicht passten an diesen Ort.

Sie schürzte die Lippen. »Und da wir uns zumindest in dieser Sache einig sind, würde ich euch höflichst bitten, eure Ärsche aus unserer Taverne zu schieben, bevor ich sie euch aufreiße, mit euren Daunen fülle und als Kissen verwende.« Ihre Stimme klang, als hätte sie einen milden Tee bestellt,

und sie lächelte süßlich. »Und aus dem Rest von euch macht Taak Hühnersuppe.«

Nejhalania ignorierte die Drohung und hielt ihr das Bild von dem Collier vors Gesicht. »Wir suchen das hier.«

Eine Falte erschien zwischen den Brauen der Fremden. Sie schob mit einem Messer, das auf einmal in ihrer Hand lag, das Papier zur Seite. »Ist nicht ganz mein Stil.«

Jonos berührte Nejhalania am Ellbogen. »Lass uns verschwinden«, zischte er ihr ins Ohr. Sie ignorierte ihn. »Bitte«, presste sie zwischen den Zähnen hervor.

Das schien die Frau zu überraschen. Sie zog einen Mundwinkel hoch. »So verzweifelt, Püppchen?« Mit schief gelegtem Kopf versuchte sie, unter Nejhalanias Kapuze zu sehen, doch diese senkte das Gesicht, sodass sie nur noch die Stiefel der Fremden erkennen konnte. Die tippte mit dem Fuß auf den Dielenboden.

»Trotzdem … das ist eure letzte Möglichkeit, hier unbeschadet rauszukommen.« Die Frau sprach nun lauter und das Stühlerücken hinter Nejhalania verriet ihr, dass die Würfelspieler zur Verstärkung kamen. »Wir wollen zwar keinen Ärger, aber wir haben keine Angst davor, welchen zu machen, wenn nötig.«

»Nejhalania, lass uns gehen.« Panik schwang in Jonos' Worten mit. Zögerlich rollte Nejhalania die Zeichnung auf und steckte sie wieder ein. »Nun gut«, sagte sie leise zu der Frau. »Wir gehen. Aber sollten wir nicht unbeschadet aus dieser Spelunke gelangen, dann sollte dir klar sein, dass auch wir Ärger machen können, wenn nötig.« Mit einer kleinen Bewegung ihrer Flügelspitze schickte Nejhalania einen Luftzug über den Boden der Taverne. Stroh raschelte über die Dielen. Einige der Läufer in ihrem Rücken keuchten erschrocken auf.

»Wage es nicht, mir zu drohen, Püppchen«, sagte die Frau. Eiseskälte lag in ihren Worten.

Nejhalania drehte sich mit Schwung um und marschierte auf die Gruppe Erdmenschen zu. Ihr Talar bauschte sich um ihre Füße. Die Läufer wirkten, als wollten sie sie aufhalten, doch im letzten Moment wichen sie zurück und bildeten eine Gasse bis zum Ausgang.

Erst als die Tür hinter Nejhalania ins Schloss fiel, wagte sie, wieder zu atmen.

»Hast du sie noch alle?«, schimpfte Jonos sofort los. »Du kannst diesem Verbrecherpack doch nicht einfach drohen.«

Eine Horde Halsabschneider wäre nichts im Vergleich zu einer tobenden Donna. Aber das würde Jonos nicht verstehen, das konnte er gar nicht. In seiner Welt waren diese schwarz gekleideten

Gestalten das Schlimmste, was ihm begegnen konnte. Wie leicht sein Leben auf Nejhalania wirkte. Aber auch davon hatte er keine Ahnung, zu seinem eigenen Glück.

»Lass uns verschwinden.« Nejhalania befreite die Flügel aus dem Talar und hob ab.

Jonos folgte ihr sofort. »Das hätte ein wirklich übles Ende nehmen können, ist dir das klar?«

»Ich weiß, ich weiß. Entschuldige bitte.«

Jonos flog an ihre Seite. Ihre Flügelspitzen berührten sich fast. »Ist dieses Schmuckstück den Ärger wirklich wert?«

In Nejhalanias Augen war kein Gold der Welt es wert, sich oder einen Freund in Gefahr zu bringen. Aber es ging nicht um das Gold … es ging darum, was Donna tun würde, sobald sie von dem Verlust erfuhr.

»Vermutlich nicht«, gab Nejhalania trotzdem zu.

»Vielleicht hatte Inera bei der Stadtwache ja mehr Glück als wir.«

Diese letzte Hoffnung hatte Nejhalania bereits aufgegeben, trotzdem nickte sie.

DEM GEFLÜGEL SEI DANK

Ein sanfter Wind strich durch die Kronen der Bäume am Rand der Lichtung und ließ ihre Äste einen ausgelassenen Tanz aufführen. Das Rascheln der Blätter mischte sich mit dem gelegentlichen Ächzen des alten Holzes. Irgendwo fiel eine Drossel in das Lied des Waldes ein und komplettierte die Symphonie. Ethara schloss die Augen und lauschte der Musik. Es kam ihr so vor, als sänge der Wald nur für sie allein.

»Ich dachte, wir sind zum Üben hier. Was ist denn nun, Ethara?«

Anai stand mit den Fäusten in die Seiten gestemmt vor ihr im hohen Gras und sah sie kopfschüttelnd an. Der Wind spielte mit ihrem strohfarbenen Haar. »Ich bin nicht diejenige, die wieder bei Madame Roga nachsitzen muss, wenn sie ihre Aufgaben morgen nicht erfüllen kann.«

Vor ihnen neigten Birken ihre Äste erst in die eine Richtung und dann in die andere. Ethara folgte der Bewegung mit den Augen. Es sah fast so aus, als würden die Bäume ihr zuwinken, sie tiefer in den Wald locken. Ihr entkam ein helles Lachen.

»Lach ruhig. Du musst ja dann den Tempelboden schrubben, während die Madame dir eine Standpauke nach der anderen hält.«

Ethara riss sich von der Waldmusik los. »Was?«

»Üben, Ethara! Magie, schon vergessen?«

Nicht wirklich, leider. »Entschuldige, Anai. Aber ich finde es einfach viel spannender dem Wald zu lauschen, als zu lernen. Ich meine, was hat Madame Roga uns da gestern im Unterricht wieder erzählt? Irgendwas mit einem Vogel, der irgendein Kraut sammelt? Wofür muss ich sowas bitte wissen?« Ethara stöhnte und schob die Ärmel ihrer grasfarbenen Tunika hoch.

»Du meinst die Kleine Blauschwinge, die damit Ungeziefer von seiner Brut fernhalten will …«

»Ja, danke für die Nachhilfe.«

»Wie immer gern.«

Lächelnd trat Anai an sie heran, in ihrer Hand der geflügelte Samen eines Ahorns vom letzten Jahr. Feucht und braun lag er in Anais hellen Händen. Sie schloss die Augen und ihre Lippen verengten sich zu einem dünnen Strich. »Es ist da, tief in ihm. Suche danach.« Anais legte Ethara den Samen sanft in die geöffneten Handflächen. »Versuche, eine Verbindung zu finden.«

»Ich weiß.« Ethara sah auf den Samen hinab. Seine Flügel hatte den gleichen Farbton wie ihre Haut. Sie sog den Duft des Waldes in sich auf und schloss die Augen. Dann tastete sie in Gedanken nach der Quelle ihrer Magie. Sie befand sich nahe ihrem Herzen: ein pulsierendes grünes Zentrum, stark, aber leider unerreichbar. Kaum tauchte Ethara in ihr Innerstes ein, schoss eine Mauer um ihre Quelle hoch, eine undurchdringliche Palisade. Schon ihr ganzes Leben versuchte sie, diese Mauer zu durchdringen. Aber es war zwecklos, sie konnte nur das bisschen Magie nutzen, das über den Rand schwappte.

Sie lenkte ihre Sinne nach außen und nutzte die Verbindung zu dem Samenkorn. Auf den ersten Blick wirkte es tot und leer, aber tief in ihm glomm ein grüner Funke pulsierenden Lebens. Ethara fing das Quäntchen Magie, das über ihre innere Mauer schwappte, mit ihren Gedanken ein und schickte es hinüber zu dem Samen. Das Leben in seinem Zentrum leuchtete auf, und Ethara schöpfte Hoffnung. Er würde austreiben, er musste einfach. Sie öffnete die Augen.

Das Samenkorn in ihren Händen blieb tot und leer.

Etharas Kinn bebte. »Ich kann es einfach nicht.« Ihre Hände sanken herab, und der Samen fiel in die Wiese zu ihren Füßen.

»Schon gut, Ethara, schon gut«, meinte Anai. »Das wird schon. Wir üben einfach weiter, bis es klappt.«

Ethara hob das Gesicht aus den Händen. »Aber wir üben doch schon ewig, und es wird einfach nicht besser! Was, wenn ich die Abschlussprüfungen nächstes Jahr nicht bestehe? Dann werde ich nie die Eichel zu meiner eigenen Bohinda-Eiche bekommen. Nie!« Ein trockenes Schluchzen schüttelte sie.

Anai streichelte ihren Rücken. »Natürlich bekommst du deine Eichel. Du musst da nicht allein durch. Wir werden gemeinsam üben, gemeinsam lernen und gemeinsam bestehen.«

Ethara nickte. Sie richtete sich auf und wischte sich das Gesicht mit dem Ärmel trocken. »Lass mich ja nicht allein, Anai. Ich weiß nicht, wie ich das ohne dich schaffen soll.«

Anai strich ihr eine der gefilzten Haarsträhnen hinters Ohr. »Keine Sorge, wo soll ich denn hin? Als Einsiedlerin in den Großen Wald, oder in die Grünen Ebenen, um mir da vom Geflügel den Hafer vom Teller pusten zu lassen? Nein danke.«

Ethara konnte schon wieder lachen. »Vom Teller pusten? Nein, Anai, wenn, dann rösten sie dir die Gerste vor der Nase, bis sie kohleschwarz ist.«

»Nett von ihnen ...«

»Apropos, Geflügel. Die scheinen uns heute wohlgesonnen zu sein.« Ethara deutete nach oben, wo die Sonne gerade über die Baumwipfel hinauf in einen wolkenlosen Himmel stieg. Das erste Mal seit zwei Wochen, in denen es ununterbrochen geregnet hatte. Die Wiese, in der sie standen, war noch ganz sumpfig vom Dauerregen, und Tropfen glänzten überall im Morgenlicht.

»Zum Glück, ich bin zu Hause beinahe wahnsinnig geworden. Endlich können wir wieder raus.«

»Meine Ma hat mich auch verrückt gemacht ... Ethara, tu dies, Ethara, lass das ... komm nicht dauernd zu spät ...« Sie prustete. Ihr Blick glitt noch einmal zum Sonnenstand. »Bald ist Werkstunde. Ich muss langsam zurück und Ma beim Unkrautjäten helfen.«

»Gut, dann heute Abend wieder?«

»Nach der Müßigstunde, ja. Sollen wir den Weg über das Weidental nehmen?« Ethara wartete gar nicht auf Anais Antwort, sondern ging einfach los. Sie grinste, als ihre Freundin an ihrer Seite auftauchte.

»Dann schaffen wir es nicht rechtzeitig zur Werkstunde nach Robada ... Was willst du im Weidental?«

»Das müsste nach dem ganzen Regen überflutet sein. Wir können über die Baumstämme balancieren und die Libellen beobachten.«

Anai legte den Kopf schräg. »Wir sind doch keine Kinder mehr ...«

Jetzt grinste Ethara noch breiter. »Na und? Mir macht das immer noch Spaß.«

Der uralte Weidenwald lag nicht direkt auf dem Weg zurück in die Waldstadt Robada. Aber der Pfad zwischen den herabhängenden Ästen und den verwachsenen Baumstämmen war deutlich schöner und unterhaltsamer als die langweilige Route durch das schattige Kiefernwäldchen.

Weiße Birken teilten sich das Tal mit silbrig glänzenden Weiden. Eine Brise ließ das herabhängende Laubwerk glitzern, und Sonnenlicht funkelte auf den vergänglichen Wasserwegen, die sich im Moment zwischen den Wurzeln der Bäume dahinschlängelten. Das Wasser gurgelte, die Luft summte und brummte vor Insekten, Frösche quakten in tiefen Tönen im Unterholz und Vögel tirilierten. Ethara hätte gerne mit ihnen gesungen, traf aber den Ton nicht.

Eine knorrige Weide streckte ihre Wurzeln bogenartig über einen plätschernden Bach. Ethara erkletterte die Steigung und drehte oben im Sonnenlicht eine Pirouette. Eine smaragdgrüne Libelle umschwirrte ihren Kopf.

»Pass auf, Ethara! Die Rinde ist nass.«

»Ich fall schon nicht rein. Komm, tanzt du mit mir?«

Anai zog eine Braue hoch. »Ich dachte, du hast es eilig?«

Ethara hörte auf, sich zu drehen, und half Anai auf die Wurzel. »Du kannst ein richtiger Bitterling sein, weißt du das?« Sie ließ ihre Hand nicht los, sondern zerrte sie in eine letzte Drehung auf dem Scheitelpunkt der Wurzel.

Anai kreischte zum Spaß. Ethara lachte.

Auf einmal änderte sich Anais Schrei und Ethara flutschte die Hand ihrer Freundin aus den Fingern. Mit einem lauten Platschen landete sie im Wasser. Ethara warf sich auf die Knie und spähte hinunter. Anai saß im schlammigen Bächlein, einen empörten Frosch auf dem Kopf, und spuckte Wasser aus. »Toll. Danke, Ethara.«

»Hast du dir was getan?«

Anai hievte sich auf die Füße, rutschte aus und landete nochmals im Nass. Erst beim dritten Versuch fand sie ausreichend Halt, um aufs Trockene zu kommen. Sie wischte sich Laub und Matsch von

der eigentlich grünen Tunika, die nun braun war. »Alles noch dran«, antwortete sie und kratzte sich am Arm.

Ethara rutschte auf dem Hintern die Wurzel hinunter und zupfte Anai einen Ast aus den Haaren. »Entschuldige.«

»Schon gut«, murrte Anai. »Aber jetzt lass uns zusehen, dass wir nach Hause kommen.« Sie rieb sich mit den Fingern am Hals. »Ich muss aus diesen nassen Sachen raus.«

Etwas Rotes erschien an ihrem Ausschnitt. »Was ist das?« Ethara zog Anais Hand zur Seite und versuchte, es wegzureiben.

»Au! Was machst du da?«

»Deine Haut ist ganz rot.«

»Es juckt auch ganz fürchterlich«, gab Anai zu und kratzte sich am Arm. Noch während sie das sagte, tauchten mehrere Pusteln an ihrem Hals auf.

Ethara entschied sich, ihr das besser nicht zu sagen. »Lass uns zu Terron gehen. Der hat sicher was dagegen.«

Anai nickte, und gemeinsam schlugen sie den schnellsten Weg in die Stadt ein.

Der Kräuterheiler Terron hatte seine Bohinda-Eiche im Zentrum Robadas gepflanzt. Unten, in dem hohlen Baumstamm, versorgte er die Kranken und oben, in den kugeligen Räumen, die aus der elastischen Rinde der Bäume geformt worden waren, wohnte er. Ethara saß in seiner Küche, eine Tasse Tee in den Händen, und sah zum Fenster hinaus. Unten behandelte Terron Anai schon seit geraumer Zeit, und Ethara wurde langsam ungeduldig. Was dauerte da so lange?

Schon zum zigsten Mal flatterte ein kleiner Vogel mit dem Schnabel voll Laub zu seinem Nest und verwob das Material in sein Zuhause. Die Sprenkel an Sonnenlicht, die durch das dichte Blattwerk der Eiche tanzten, ließen sein Gefieder zwischen Blau und Grün changieren. Der Vogel zupfte das Nistmaterial zurecht und machte sich daran, neues zu holen. Ethara nippte erneut an ihrem inzwischen kalten Tee.

Hinter ihr wurde knarzend die Tür aufgestoßen. Sie fuhr zusammen und verschüttete beinahe ihr Getränk. Terron humpelte in die Küche. Er war blass unter seinem grauen Bart, und die Hand, mit der er sich auf seinen blankpolierten Gehstock stützte, zitterte leicht. Ethara sprang auf. »Was ist los, Terron? Ist der Ausschlag ansteckend?« Es hatte ein Witz sein sollen, um Terrons Nerven und vielleicht ihre eigenen zu beruhigen, doch der Heiler sah sie nur schockiert an.

»Es ist ernst«, sagte er und winkte ihr, mit ihm zu kommen.

Ethara stellte die Tasse ab und folgte dem Erd-magier aus der Küche. Draußen balancierten sie über einen ausgetretenen Ast der Eiche, der sanft im Wind schaukelte, stiegen im Stamm ein paar Stufen hinauf und liefen über einen weiteren Ast in einen anderen kugelförmigen Raum. In Terrons Schlafzimmer hing die gesamte Holzdecke voller gebündelter Kräuter. Es duftete wie ein sommerlicher Tee. Durch das offene Fenster drang Licht herein, und der Luftzug ließ die Bündel sanft aneinanderstoßen. Ethara kannte das zwar, aus ihrem eigenen Zimmer in der Bohinda-Eiche ihrer Mutter, trotzdem musste sie sich mit der Hand an der Wand abstützen, als der Raum sich im Wind zu wiegen begann.

»Was meinst du damit?«, fragte sie, während Terron die Bündel an der Decke mit zitternden Fingern durchsuchte. »In dem Gewässer müssen sich Sylpherlarven befunden haben«, murmelte er und schob einige Bündel zur Seite. »Es muss doch hier irgendwo hängen …«

»Was für Larven?«

Terron pfriemelte ein paar eingetrocknete Äste von dem Haken am Deckenbalken. »Sylpherlarven. Ihr Gift verursacht einen sich rasch ausbreitenden Hautausschlag.« Er hielt in seinem Tun inne und sah Ethara an. »Was bringt euch Madame Roga in ihrer stickigen Tempelstube überhaupt bei?«

»Pfff …«, machte Ethara nur.

»Na ja, auf jeden Fall breitet sich das Gift von der Haut im gesamten Körper aus. Und ist es erst einmal im Gehirn angelangt …« Tiefe Falten erschienen auf Terrons Stirn. »Es ist wirklich sehr ernst, Ethara.«

Wieder schwankte der Raum, und Ethara taumelte einen Schritt zurück. Nur langsam trieb die Erkenntnis aus, dass Etharas kleiner ungeschickter Tanz schlimme Konsequenzen nach sich ziehen würde, und schlug Wurzeln in ihrem Bewusstsein. Es war ihre Schuld. Sie war diejenige, die den Umweg über das Weidental hatte gehen wollen, und wegen ihr war Anai in den Bach gefallen. Sie packte Terron an den Schultern. »Wo ist Anai?«

Vorsichtig löste er ihre Finger aus seiner Tunika und drückte sie. »Ich habe sie nach Hause geschickt. Sie braucht jetzt ihre Familie, Ruhe und Caritos' Segen.«

Etharas Kinn bebte. Sie war hin- und hergerissen zwischen dem Bedürfnis, zu ihrer Freundin zu eilen, sich in die tröstenden Arme ihrer Mutter zu stürzen, bis dieses Erdbeben vorüber wäre, oder sich weit weg im Wald zu verkriechen.

»Gibt es nichts, das wir tun können? Gar nichts?«

Terron humpelte zu seinem Bett und zerrte darunter eine Kiste hervor. Krüge und Gläser ka-

men zum Vorschein. Stöhnend zog er einen Behälter nach dem anderen heraus, betrachtete kurz den Inhalt und stellte ihn dann zur Seite. Mit jedem Glas, das er aus der Kiste fischte, wurde seine Miene düsterer. »Ich war mir sicher, hier noch einen Notvorrat zu haben …«, murmelte er und stand wieder auf. Ethara schwindelte. »Wie lang haben wir Zeit, um Anai zu helfen?«

»Vielleicht bis heute Abend?«

»Aber wir wollten heute zur Schattenstunde weiterüben …« Ethara brauchte einen Augenblick, um zu verstehen, was der Heiler da sagte. Heute. Abend. »Nein!«, rief sie. »Es muss etwas geben, was wir tun können!«

Terron seufzte. »Sie bräuchte einen magischen Heiler«, gab er widerwillig zu. »Oder das Rannh-Kraut. Leider habe ich letzten Herbst meinen Vorrat komplett aufgebraucht, während der Käferplage im Kornspeicher, und die Pflanzen werden erst im Sommer wieder blühen. Wenn ich doch wenigstens noch einen Samen hätte, dann könnte ich zumindest ein Pflänzchen wachsen und erblühen lassen.« Sich auf seinen Stab stützend kam er wieder in die Höhe und begann seine Suche zwischen den Kräuterbündeln an der Decke aufs Neue.

»Was kann ich tun?«, fragte Ethara.

Der Heiler antwortete nicht; stattdessen durchforstete er immer noch seinen nutzlosen Kräutervorrat. Schließlich wandte er sich zur Tür. »Ich gehe in die Taverne, um nachzusehen, ob sich nicht doch ein magischer Heiler dort einquartiert hat. Du kannst zu Madame Roga gehen. Sie soll einen Suchtrupp aus Erdmagiern zusammenstellen und versuchen, einen Samen des Rannh-Krauts zu finden. Mit ein wenig Glück ...«

Ethara ließ Terron seinen Satz nicht beenden, sondern stürmte aus dem Schlafzimmer, über den wankenden Ast in den Baumstamm, die Treppe hinunter und aus der Wohneiche hinaus in Richtung Tempel.

Sie platzte keuchend in das Studierzimmer, das an den Tempel angrenzte und in dem sie gewöhnlich saß und sich langweilte. Sofort umwölkte sie der schwere Fliedergeruch, über ihrem Kopf stoben die Meisen auf, die in den zu einem Dach verwachsenen Baumkronen hausten.

Etwas klirrte. Madame Roga fuhr vor Schreck herum. Ihre fliederfarbenen Gewänder wehten ihr um die krummen Beine. Die alte Erdmagierin hielt einen kahlen Zweig in einer Hand. »Bei Caritos, Ethara! Erschreck mich doch nicht so!« Sie ging kopfschüttelnd in die Hocke und sammelte die

Scherben in eine der Lagen ihres Gewandes.»Was ist denn los?«

Es dauerte viel zu viele Atemzüge, bis Ethara ein ganzes Wort herausbrachte. »Brauche … brauche Rannh-Kraut.«

Madame Roga richtete sich zittrig auf. »Rannh-Kraut? Haben wir schon wieder eine Käferplage?«

»Ja!« Ethara presste die Hände in die schmerzenden Seiten.

Sie wollte die Madame lächeln sehen, wollte, dass sie auf eines der Regale deutete, die an den dicht wachsenden Baumstämmen standen, wollte, dass sie ihre Frage bejahte. Aber die Falten auf Madame Rogas Stirn vertieften sich nur. »Das haben wir doch letzten Herbst aufgebraucht«, zerstörte sie Etharas Hoffnungen. »Warst du schon bei Terron?«

Ein Fluch, der Ethara sich vor sich selbst erschrecken ließ, kam über ihre Lippen. Bevor Madame Roga sie dafür zurechtweisen konnte, erklärte sie ihr, was geschehen war. Die Madame nickte dabei nur.

»… und jetzt will Terron, dass wir nach Samen suchen«, beendete sie ihren Bericht.

Madame Roga schüttelte den Kopf. »Der alte Sturkopf sollte wissen, dass es unmöglich ist, einen einzelnen bestimmten Samen zu finden.« Sie griff nach der knorrigen Wurzel, die an ihrem

Stehpult lehnte. »Aber gut, versuchen müssen wir es. Ich werde Robadas beste Erdmagier zusammentrommeln.«

Ethara folgte der Madame durch die Tür. »Wo fangen wir an?«, fragte sie.

Madame Roga blieb stehen. »O nein, du kommst nicht mit! ›Beste Erdmagier‹ habe ich gesagt, und dort, wo du auftauchst, Ethara Ruga, gibt es nichts als Ärger. Das hast du heute wieder einmal eindrucksvoll bewiesen, oder nicht?«

»Aber ... ich will Anai helfen!«

»Du hilfst deiner Freundin am besten, wenn du nach Hause zu deiner Mutter läufst und uns richtigen Magiern nicht im Weg stehst.«

Richtige Magier. Die Palisade um ihre Innere Quelle schien ihr auf einmal wie ein eisernes Band, das sich um ihren Brustkorb zog. Ohne der Madame zu antworten, stürmte Ethara davon. Sie rannte, ohne zu wissen wohin. Immer wieder musste sie sich mit dem Ärmel die Tränen aus den Augen wischen, um zu sehen, wohin sie lief.

Irgendwann konnte sie nicht mehr. Sie stützte sich an einer Pappel ab, deren Blätter im Wind winkten. Leises Rascheln lullte sie ein. Alles wirkte grau und gedämpft. Sogar der unpassend fröhliche blaue Himmel.

Wie grausam konnten die Götter eigentlich sein?

Wieso, bei Caritos und Fortitudos, gab es kein Rannh-Kraut mehr? Wieso? Ethara wollte gegen die Pappel boxen, ließ es aber sein. Der Baum konnte nichts für Anais Schicksal. Stattdessen holte sie aus, um nach einem Stein zu treten. Im letzten Moment hielt sie inne. Ein kleiner Spross, eine neugeborene Pappel, wohl erst dieses Frühjahr aus einem Samen ausgetrieben, reckte sich dort der Sonne entgegen.

Ethara betrachtete das Pflänzchen und zupfte kurzerhand etwas Moos um es herum weg, damit es Platz zum Wachsen fand. Fast hätte sie es übersehen.

Was, wenn Madame Rogas Suchtrupp etwas übersah? So ein Samenkorn wäre viel leichter zu übersehen als ein Trieb. Ethara würde bei der Suche helfen, egal was Madame Roga sagte. Auch wenn sie nicht zu den besten Erdmagiern Robadas gehörte, so hatte sie zumindest gute Augen.

Rannh … Davon hatte sie im Unterricht schon einmal etwas gehört. Wenn sie doch nur besser aufgepasst hätte, anstatt mit Anai zu tratschen. Sie ließ sich neben den Baumstamm sinken und vergrub das Gesicht in den Händen. Sie musste sich erinnern. Das Wissen musste irgendwo da sein. Irgendwo … zum Beispiel in der Kräuterenzyklopädie, die sie von ihrer Mutter zum Geburtstag geschenkt bekommen hatte.

Ethara sprang auf und sprintete los.

Die Bohinda-Eiche ihrer Mutter stand etwas außerhalb der Stadt, in einem Hain voller Wohneichen. Ihre breiten Stämme und die ausladenden Kronen bildeten Säulengänge und grüne Dächer voller Leben. Normalerweise würde Ethara ihre federnden Schritte auf dem moosigen Waldboden genießen und die leuchtenden Insekten in den Lichtstrahlen bewundern, die bis auf die ausgetretenen Pfade durch die Wiese fielen, doch heute scheuchte sie sie mit der Hand aus ihrem Gesicht.

Ihre Mutter kniete im Gemüsebeet vor ihrer Eiche. Dort drängte sie mit ihrer Magie das Unkraut zurück und half dem Gemüse beim Wachsen. Sie sah auf, als Ethara wortlos an ihr vorbeistürmte.

Ethara riss die Eingangstür aus Baumrinde zur Seite, sprang die Treppen bis zum ersten Ast hinauf und rannte atemlos in ihr Zimmer. Dort zerrte sie die wenigen Bücher vom Regal. Sie purzelten auf ihr Bett. Die Enzyklopädie war das größte und dickste davon. Ein Ungetüm im Ledereinband, von dem Etharas Mutter wohl gehofft hatte, Ethara würde damit ihre Freude am Lernen entdecken.

Sie hievte das schwere Ding von der Strohmatratze und warf es auf den Tisch unterm Fenster. Ohne Rücksicht auf die empfindlichen Papierseiten zu nehmen, schlug sie es auf und blätterte hindurch. Es musste hier irgendwo stehen.

R. Ra. Rannh. Da!

Ethara plumpste auf den Stuhl und steckte die Nase ins Buch.

Ein üblicherweise bodennah wachsendes Kraut, das vorwiegend auf lehmigen Böden und im Halbschatten wuchs. Im Sonnenlicht bläulich schimmernde Blätter, doldenförmige weiße Blüten … Höchste Konzentration an ätherischen Ölen in den Blütenblättern … beste Erntezeit, bevor es nach der Blüte verging … Bla bla bla. Das musste reichen. Ethara knallte das Buch wieder zu, ließ alles stehen und liegen, ignorierte die Rufe ihrer Mutter und lief mit stechenden Seiten in den Wald hinein.

Ethara kannte den Wald um Robada herum so gut wie ihr eigenes Zimmer. Sie wusste, wo es lehmige Böden gab, sie kannte alle schattigen und lichtdurchfluteten Plätze und auch alles dazwischen, und an genau diesen Stellen würde sie auch einen Trieb oder ein Samenkorn dieses Krautes finden.

Sie suchte in Senken, hinter Büschen und unter Bäumen. Sie tastete den Boden ab, schob Laub zur Seite und betete die ganze Zeit über zu Caritos, dem Liebenden.

Aber nirgends fand sie ein Kraut mit bläulich schimmernden Blättern und weißen Blüten. Nicht ein Blättchen. Nicht einen Trieb. Nichts.

Schließlich warf sie sich auf den Boden, grub ihre Finger tief in die Erde und schloss die Augen. Sie versuchte sich auf ihre Innere Macht zu konzentrieren. Wie immer schoss die Palisade um die Quelle ihrer Magie in die Höhe, sobald sie ihr auch nur nahe kam. Grüne Funken flogen auf, und etwas glänzender Dunst schwappte über die Mauer hinweg. Ethara griff danach und sandte ihre Magie in den Boden. Ganz blass konnte sie grüne Lichtpunkte um ihre Finger herum ausmachen. Jeder davon sah wie der andere aus, fühlte sich gleich an. Sollten diese kleinen Lebenspunkte tatsächlich Samen sein? Triebe? Wurzeln? Ethara wusste es nicht, sie konnte es gar nicht wissen. Wie auch?

Am liebsten hätte sie geschrien, aber das würde auch nichts ändern. Sie nahm die Hände aus der Erde und wischte sie notdürftig an ihrer grünen Tunika ab. Ihre Finger zitterten bereits vor Erschöpfung. Ihr Blick wanderte hoch zu den Baumkronen. Schon nach Sonnenstunde … Das durfte doch alles nicht wahr sein!

Die Arme fest um sich selbst gewickelt, ging sie alle Stellen noch einmal ab, suchte sogar an den

schattigen, in der Hoffnung, irgendetwas zu finden. Aber das Ergebnis blieb dasselbe. Nichts.

Ihre Beine fühlten sich wie unbewegliche Baumstämme an, als sie mit hängendem Kopf zurück zur Stadt schlurfte.

Sie sah erst wieder auf, als ein ihr unbekannter und äußerst hässlicher Fluch sie aus ihrer Lethargie holte. Ein Feuerzwerg mit unpraktisch langem Bart, den er wie einen Schal um den Hals trug, sah von seinem Kutschbock vor einem großen kastenförmigen Wagen auf sie herab. Davor stand ein alter Esel, der Ethara verwirrt in die Augen blickte und ihr seinen warmen Atem ins Gesicht blies.

»Pass auf, wo du hinläufst«, schimpfte der Zwerg. »Kannst froh sein, dass mein altes Mädchen ihren eigenen Kopf hat und rechtzeitig stehen geblieben ist.« Er beugte sich vor und tätschelte das Hinterteil des Tieres.

Fahrende Händler kamen nur selten nach Robada, erst recht, wenn sie dem Feuervolk angehörten. Das lag vor allem an der Lage der Waldstadt, die sich ein ganzes Stück abseits der östlichen Handelsrouten befand. Auch sonst lag nichts in der Nähe, das einen solchen Abstecher gelohnt hätte. Ethara musterte den Zwerg und seinen Holzwagen und machte dann einen Schritt von dem Moosweg herunter, damit er passieren konnte. An einem anderen Tag hätte sie sich über eine solche Begegnung gefreut, aber jetzt war irgendwie alles egal geworden. Sie würde Anai nicht einmal mehr davon erzählen können.

Der Zwerg hob die Hände mit den Zügeln darin, hielt aber mitten in der Bewegung inne. »Ist das der Weg in die Stadt?«, fragte er.

Ethara schüttelte den Kopf und deutete in die Richtung, in die sie selbst unterwegs war.

Der Händler fluchte schon wieder. »Verdammter Wald. Hier sieht aber auch alles gleich aus. Grün, grün wohin man schaut.« Wieder hob er die Hände, knallte mit den Zügeln und schnalzte mit der Zunge. Die Eselin stemmte sich ins Kummet, und der kastenförmige Wagen setzte sich ruckelnd in Bewegung. Er war schon halb an Ethara vorbei, als er noch einmal stehen blieb. »Willst du mitfahren?«, fragte der Zwerg.

Etharas Mutter hatte sie immer davor gewarnt, Fremden zu nahe zu kommen. Aber Ethara fand diese unnötige Distanz übertrieben, selbst wenn es sich um einen Zwerg handelte. Sie nickte und kletterte auf den Kutschbock.

Der Händler knallte mit den Zügeln. Ruckelnd setzte sich der Wagen wieder in Bewegung.

»Hier, für dich«, murrte der Zwerg irgendwann und hielt ihr einen Zettel hin, ohne sich zu Ethara umzudrehen. Automatisch nahm sie ihn entgegen.

Es handelte sich um ein Gesuch. Ethara über-
flog den Text. Eine große Abbildung zeigte ein
Schmuckstück aus totem Metall und Steinen. Mit
einer Hand drehte sie die Holzperlen in ihrem
Haar. Ein völlig überteuertes Schmuckstück,
wenn sie sich den Finderlohn so ansah. »Was soll
ich damit?«

»Das hat mir irgend so ein schnieker Gockel
gegeben, an der letzten Wetterstation, an der ich
vorbeigekommen bin. Soll den ganzen Stapel
verteilen, meinte der. Hat mir ein überraschend
hohes Sümmchen dafür bezahlt. Trottel. Willst
du noch mehr haben? Mit denen kann man sich
auch ein nettes Feuerchen anzünden.«

»Nein danke.« Ethara faltete den Zettel abwesend zusammen und steckte ihn sich in die Tasche.

Inzwischen hatten sie die Stadt erreicht und
passierten Terrons Bohina-Eiche. Ethara deutete
nach vorn. »Da ist die Taverne.«

»Endlich Feierabend.« Der Händler rieb sich
den Bart. »Willst du vielleicht noch was kaufen?«
Zum ersten Mal zeigte sich so etwas wie ein Lächeln in seinem Gesicht.

Ethara wagte kaum zu hoffen und richtete sich
auf ihrem Sitzplatz auf. »Hast du Rannh-Kraut?«

»Ist das was zu essen?«

Was hatte sie auch erwartet. Resigniert sank sie wieder in sich zusammen und betrachtete ihre Füße.

»Ich hab einige Gewürze und Kräuter da hinten drin«, er deutete mit dem Daumen auf den Wohnwagen. »Können ja mal nachsehen, ob das richtige dabei ist.«

Noch bevor der Zwerg seine Eselin durchparieren konnte, sprang Ethara schon vom Wagen und umrundete diesen, bis sie vor der Tür am hinteren Ende stand. Eine kleine Treppe führte hinauf. Sie konnte kaum die Füße stillhalten, bis der Händler endlich kam, aufschloss und gemächlich eintrat.

Das Innere des Wagens war stickig, düster und voll. Staub tanzte in dem wenigen Licht, das durch das verdreckte Fenster hindurchfiel. Kisten, Krüge und Pakete stapelten sich bis an die Decke. Dahinter glaubte Ethara ein Regal zu erkennen, sicher war sie sich allerdings nicht. Nur ein selbst für einen Zwerg viel zu kleines Bett wurde nicht als Ablagefläche missbraucht.

Murrend kramte der Händler in seinen Sachen herum. Ethara wollte ihm zur Hand gehen und griff nach einer Schatulle, um sie zur Seite zu legen.

»Finger weg!« Der Händler schlug ihre Hand zur Seite. Dabei traf er auch das Kästchen und katapultierte es von der Kante der Kiste, auf der es stand. Mit einem dumpfen Schlag landete es auf

dem Bett, der Verschluss sprang auf, ein kleines Säckchen purzelte auf die Matratze und spuckte einen fingerlangen Stein aus. Der einzige Lichtstrahl, der es durch die schmutzige Scheibe schaffte, traf auf die Facetten des Diamanten und sprenkelte das Innere des Wagens in tausend Farben. Die Spitze zeigte anklagend auf Ethara. »Ups«, sagte sie. Vielleicht wäre es besser gewesen, die Hände bei sich zu lassen. Auf jeden Fall wäre das besser gewesen, wenn sie sich das Gesicht des inzwischen feuerrot angelaufenen Zwergs so ansah. »Entschuldigung …«

Der Händler fluchte auf seine Götter, grapschte nach dem Edelstein und stopfte ihn zurück in das Kästchen. »Sieht das etwa nach irgendeinem Kraut aus?«

Ethara hob entschuldigend die Hände. »Äh, nein. Was ist das?«

»Das ist nicht zu verkaufen. Eine Warensendung nach Hr'okkar.«

»Sieht aus, wie das Glitzerdings auf dem Zettel …«

Er schob Ethara aus dem Wagen. »Das geht dich einen Scheiß an. Und ich will das gar nicht so genau wissen, bin nur der Bote. Also raus. Ich zeig dir die Gewürze da.«

Ethara war kaum die beiden Stufen hinuntergetaumelt, da hielt ihr der Händler ein Bündel Kräuter unter die Nase. »Ist es das?«

Ein beißender Geruch stieg ihr in die Nase. Keines der Blätter hatte eine bläuliche Farbe. Sie schüttelte den Kopf.

»Und das?« Er zog ein weiteres Bündel aus seinem Gürtel.

Keine weißen Blüten. »Denke nicht.« Mit jedem getrockneten Pflanzenbündel, jedem Döschen und jedem Kranz, den der Händler ihr zeigte, sank Etharas Mut. Er hatte kein Rannh-Kraut, das wurde inzwischen nicht nur ihr klar.

Kopfschüttelnd kam der Zwerg ein letztes Mal aus dem Wagen und marschierte nach vorn, um dort auf den Kutschbock zu klettern. »Das war's. Mehr hab ich nicht.«

Ethara ließ den Kopf hängen und steckte die Hände in die Taschen ihrer Tunika.

Der Zwerg murrte irgendwas, was Ethara nicht verstand und der Wagen ruckelte wieder los.

Für einen Moment hatte sie die Hoffnung gehabt, Anai doch noch helfen zu können, aber nun schlug die Ausweglosigkeit ihrer Situation über Ethara zusammen wie ein Erdrutsch.

Sie hatte Anai nur wegen eines albernen Spiels zum Tode verurteilt und nun konnte sie ihr nicht einmal helfen. Weil sie eine unfähige Erdmagierin war und zudem noch ein Pechvogel. Sie wischte sich mit dem Ärmel übers Gesicht. Wenn sie doch nur so einen Samen finden könnte. Wenn doch nur

diese Palisade nicht da wäre. Wieder tauchte sie in ihr Innerstes ein und tastete in Gedanken über die massive Mauer um ihre Quelle herum. Ein wenig grüner Dunst kräuselte sich darüber hinweg und umfloss sie. Ethara konnte den grünen Nebel in ihrem Inneren formen, ihn ausdehnen, zerstäuben, zerstreuen. Wie Licht, das auf einen Diamanten traf.

Sie schnappte nach Luft. Da war etwas. Ein kleiner Lichtpunkt, heller als die anderen, als würde er sie rufen. Und ein leiser, fast unhörbarer Ton. Hell wie Licht, das durch eine dicke Wolkendecke drang. Eine Pflanze, schlafend, aber lebendig und das weit über dem Erdboden. Wie war das möglich? Ethara drehte sich im Kreis und sah sich um. Der helle Lichtpunkt war dort hinten gewesen, in Terrons Wohneiche.

»Terron!« Ethara brüllte so laut, dass man es vermutlich in der ganzen Stadt hörte. Noch bevor der Kräuterheiler ihr eine Antwort geben, oder zum Eingang seiner Eiche kommen konnte, sprang sie die Treppe hinauf. Auf halbem Weg begegneten sie sich.

»Was schreist du denn so herum, Ethara?« Er stützte sich auf seinen Gehstock. »Hat jemand einen Samen gefunden?«

»Ja!«

»Ja?«

Ethara nickte heftig, schob sich an dem alten Heiler vorbei, und lief die letzten paar Schritte in die Küche.

Terron folgte ihr schnaufend. »Und wo hast du ihn?«

»Da.« Ethara streckte den Arm und deutete aus dem Fenster.

Terron legte den Kopf schief. »Jetzt bist du wohl verrückt geworden.« Er rieb sich die Nasenwurzel. »Das habe ich kommen sehen.«

»Nein. Schau!«

Der Kräuterheiler trat zu Ethara ans Fenster. Zweifelnd musterte er erst Etharas Miene und folgte dann ihrem ausgestreckten Arm mit seinem Blick. »Ich weiß nicht, was du meinst. Und ich denke, das ist wirklich nicht die rechte Zeit für deine Albernheiten.«

»Terron, das Vogelnest.« Tatsächlich kam genau in diesem Moment der Baumeister angeflogen, den Schnabel voller vertrockneter Blätter, die vermutlich einmal bläulich gewesen waren.

Terron klappte der Mund auf. »Wie kommst du denn darauf, dass sich in dem Nest ein Samenkorn befindet?«

Ethara öffnete den Mund, um ihm von dem kleinen Lichtpunkt zu erzählen, den sie mithilfe ihrer Inneren Quelle wahrgenommen hatte, hielt aber

im letzten Moment inne. Es war ihr peinlich, ihm davon zu erzählen, denn dann müsste sie auch von der Palisade in ihrem inneren berichten, die verhinderte, dass sie eine gute Erdmagierin war.

»Ich habe das blaue Schimmern seiner Flügel vorhin bemerkt«, sagte sie stattdessen. Abwesend ballte sie in der Hosentasche eine Faust. Etwas knisterte dabei. Die Suchmeldung! »Und das Geflügel hat mich dann darauf gebracht.«

Jetzt runzelte der Heiler wieder die Stirn und sah Ethara an, als sei sie doch noch verrückt geworden. »Das Geflügel?«

»Ja, Geflügel ... Vogel.« Mit beiden Händen deutete sie zwischen dem Nest und dem strahlend blauen Himmel hin und her. »Offensichtlich hat der Vogel irgendwo Rannh-Kraut gefunden und verwendet es zum Nestbau, um seine Brut vor Parasiten zu schützen.«

Terron keuchte erleichtert. Seine Knie gaben nach und er stützte sich auf der Fensterbank ab. »Nun gut, lass uns nicht länger Zeit verschwenden. Du holst das Nest da runter, und ich bereite die Tinktur für Anai vor. Es wird Zeit, dass wir das arme Mädchen und ihre Familie erlösen.«

Auch Ethara fühlte sich wie erlöst, als sie sich daran machte, aus dem Fenster zu steigen. Anai war gerettet, und sie würde nun doch nicht ihre beste Freundin verlieren und allein zurückbleiben. Zudem hatte sie endlich einmal ihre Magie für etwas Nützliches verwenden können. Alles nur dank dem Geflügel.

FLUGBLÄTTER AUS DEN WOLKEN

Die alte Wetterstation kam in Sicht. Sie war vor langer Zeit einmal ein Teil der Stadtmauer gewesen und wurde inzwischen nur noch als Stützpunkt der Stadtwache genutzt. Der Turm war notdürftig verputzt, an einer Stelle konnte Nejhalania rote Ziegelsteine erkennen, Efeu rankte sich auf der anderen Seite hinauf. Auf dem Balkon, der die Turmspitze umgab, hockten einige Wachen an einem Tisch und spielten Karten.

Nejhalania landete nach Jonos auf dem Balkon. Sie faltete die Flügel ordentlich und war sich dabei der Musterung durch die Soldaten mehr als bewusst.

»Ihr sucht Inera, richtig?« Einer der Soldaten, ein junger Mann, erhob sich und kam auf sie zu. Er strich sich das kurze Haar glatt und schloss den Talar, der Teil seiner Uniform war. Darunter blitz-

ten trotzdem die schlechtsitzende Lederrüstung und die abgewetzten Sandalen hervor.

Die geflügelte Wache Vierlebens wurde zwar traditionell von Lichtburg finanziert, bestand aber nicht aus Lichtburgern, sondern Himmelsmenschen, die in der Hauptstadt lebten – also in der Regel Magielosen. Die Gewitterstäbe, die an der Wand neben dem Eingang zum Turm lehnten, waren dementsprechend nur Attrappen. Allerdings wussten das nicht einmal die bodengebundenen Mitglieder des Viervölkerrats, nur die eingeschworenen Gardisten und Himmelsmenschen, die einen Blick für echte Kristalle hatten.

»Sie müsste jeden Augenblick wieder zurückkommen.«

»Ich vermute, Ihr seid Honora Himmelsblaus Cousin?«, fragte Nejhalania und folgte seinem ausgestreckten Flügel in das Innere des Turms. Einen Augenblick umfing sie Dunkelheit, dann flammte eine Fackel auf und erhellte den kreisrunden Raum. Karten der Hauptstadt hingen an den Wänden und in der Mitte stand ein wuchtiger, in die Jahre gekommener Holztisch. In einer finsteren Nische verstaubten einige alte Messgeräte, wohl die letzten Überbleibsel der einstiegen Wetterstation.

»Rannon Himmelblau«, stellte der junge Soldat sich vor und verneigte sich mit im Halbkreis ausgebreiteten Schwingen. »Zu Euren Diensten, Lauda Winterwind. Bitte setzt Euch. Möchtet Ihr etwas trinken?«

»Wir haben nur Waldbier, keinen Wein«, meinte der zweite Soldat, der gerade hinter Jonos hereinkam. Er trug die Flügel gesenkt und halb ausgebreitet und beanspruchte so deutlich mehr Platz, als höflich gewesen wäre.

»Nun, da würde ich nicht nein sagen«, machte Jonos sich bemerkbar. Die Soldaten sahen ihn an, als sähen sie ihn zum ersten Mal.

»Natürlich, Honor … Wettermacher.«

»Wetterwacht.« Jonos verschränkte die Arme vor der Brust.

»Selbstverständlich, verzeiht.« Rannon holte einen Krug von einem Regal und sah dabei Nejhalania fragend an.

Sie schüttelte den Kopf. »Inera war also schon hier? Wo ist sie jetzt?«

»Sie …«

»Da bin ich wieder!« Inera platzte zur Tür herein, ein Bündel Papiere im Arm. »Oh, Nejhalania, Jonos. Ich habe euch beide hier gar nicht erwartet.«

»Wir wollten sehen, ob wir dir helfen können. Unsere Suche war bisher leider nicht besonders erfolgreich«, sagte Jonos.

Ineras Miene verdüsterte sich wieder. »Meine leider auch nicht. Dafür hat Rannon mich auf eine

Idee gebracht.« Sie warf die Papiere auf den Tisch. »Die können wir jetzt in der ganzen Stadt verteilen.«

Nejhalania nahm sich einen Zettel und hielt ihn ins Licht der Fackel. Darauf war die Zeichnung des Colliers abgedruckt, zusammen mit der Aufforderung, es zu finden, und einer Belohnung.

»Wo hast du das denn drucken lassen?«, fragte Nejhalania.

»Die Universität betreibt eine Druckerei hier ganz in der Nähe, und ich habe meine Kontakte etwas spielen lassen. Außerdem sind die immer knapp bei Kasse …« Inera warf einen Blick auf die Flugblätter. »Ich musste eine Summe als Finderlohn angeben. Hoffentlich findest du sie nicht zu hoch?«

Nejhalania entkam ein trauriges Lachen. »Nein, Inera. Das sollte kein Problem sein. Mach dir darüber bitte keine Gedanken. Ich hoffe, der Anreiz ist auch für nichtehrliche Finder hoch genug.« Dafür würde sie sicherlich keinen Flügel ins Feuer halten. Aber es war besser als nichts. »Ich danke euch, Inera und Rannon. Das war eine sehr gute Idee.« Sie zwang sich zu einem aufmunternden Lächeln.

Rannon musterte Nejhalania schon wieder. Sein Blick blieb an ihren extravaganten Schuhen hängen, die so gar nicht zu Ineras Talar passten, den sie immer noch trug. »Morgen begleite ich mit meiner Truppe einen Warentransport bis an die Zwillingsseen. Auf dem Weg werde ich die Flugblätter verteilen. So erfährt in Windeseile die ganze Stadt davon.«

Nejhalania legte das Flugblatt zurück auf den Tisch. »Nun, mehr können wir im Augenblick wohl nicht tun.«

»Wir werden diese Suchmeldungen aus allen Wolken regnen lassen, sei dir dessen sicher, Nejhalania«, versicherte ihr Inera.

Jonos trat an Nejhalanias Seite. »Vielleicht ist es an der Zeit, nach Hause zu fliegen. Du hast recht: Mehr, außer hoffen und beten, können wir heute nicht tun.«

Außer hoffen und beten. Nejhalania hasste diesen Spruch. Beides erschien ihr sinnlos.

»Kommst du mit uns?«, fragte Jonos an Inera gewandt.

»Nein, ich denke, ich werde noch ein paar von diesen hier«, sie griff nach einigen Flugblättern, »auf dem Regierungsplatz verteilen. Wartet nicht auf mich.«

Jonos und Inera folgten dem älteren Soldaten nach draußen auf den Balkon. Rannon ließ Nejhalania den Vortritt.

Sie blieb in der Tür stehen und breitete die Flügel etwas aus, um ihm unauffällig den Weg zu versperren. »Sicherlich gibt es eine Möglichkeit,

diese Flugblätter noch weiter zu verbreiten, landesweit?«, fragte sie leise, ohne sich umzudrehen. »Und … die Nachricht über diese Suche nicht nach Lichtburg durchdringen zu lassen?«

»Natürlich gibt es die. Aber Möglichkeiten sind teuer.«

Nejhalania nickte. Zögerlich streckte sie die Hand in ihrem Rücken dem Soldaten entgegen und ließ das Armband ihrer Mutter in seine Finger gleiten. Es bereitete ihr beinahe körperliche Schmerzen das Stück aus der Hand zu geben, aber ihre letzten Münzen hatte sie für die Zeichnungen des Colliers und die Information über den Taschendieb ausgegeben. Zudem wagte es Nejhalania nicht zuhause Geld zu holen, aus Angst Donna dabei in die Arme zu fliegen und in Erklärungsnot zu geraten.

Der Wachmann zögerte.

»Eine landesweite Suche wird äußerst kostspielig«, flüsterte er ihr zu.

»Jetzt werdet ja nicht unverschämt.«

Nejhalania trat aus der Dunkelheit des Turms ins Tageslicht hinaus.

Dort wartete Jonos auf sie. Sie lächelte ihm zu, auch wenn sich ein mulmiges Gefühl in ihrem Magen festsetzte. »Lass uns nach Hause fliegen. Morgen ist auch noch ein Tag.«

Eine Weile flogen sie schweigend nebeneinander-her. Mit jedem Flügelschlag rückte Lichtburg ein wenig näher, und das flaue Gefühl in Nejhalanias Magen wandelte sich in handfeste Übelkeit.

»Was wirst du jetzt tun?«, fragte Jonos, als sie den Stadtrand erreichten.

Nejhalania nahm sich einen Augenblick, um darüber nachzudenken. »Mich waschen, umklei-den und zum Konzert fliegen, zu dem ich geladen bin.«

Jonos sah sie mit zusammengezogenen Brauen an.

»Dort werde ich dann wie immer lächeln und nicken.«

Ein warmes Lächeln erschien in Jonos' Gesicht. »Die Ablenkung wird dir guttun.«

Wieder nickte Nejhalania nur. Ablenkung, ja sicher. Nur leider war auch Donna zu der Veran-staltung geladen worden. Und ihre Großmutter erwartete sicherlich, das Collier um Nejhalanias Hals zu sehen.

EIN LICHT IM SCHWARZEN WÜSTENSAND

»Gebt acht, Lady Qokkan.«

Xero deutete mit einer Hand auf die schlammige Pfütze zu Khanays Füßen, die von einem Rinnsal aus der Pferdetränke gespeist wurde, und hielt ihr die andere hin, damit sie diese ergreifen konnte. Khanay lächelte und wandte den Blick ab, damit er nicht sehen konnte, wie rot ihre Wangen wurden. Gleichzeitig reichte sie ihm ihre Hand, obwohl sie problemlos ohne Hilfe über das kleine Hindernis hätte steigen können. Xeros umfasste sie sanft und führte sie um die Pfütze herum. Er hielt ihre Hand einen Moment länger, als nötig gewesen wäre, und Khanays Herz flatterte. Das tat es in letzter Zeit des Öfteren, seitdem sie Xero offiziell vorgestellt worden war. Natürlich hatte sie ihn bereits zuvor gekannt, immerhin lag das Anwesen

seiner Eltern in fußläufiger Entfernung zu ihrem Zuhause. Aber aufgrund ihres Altersunterschiedes hatten sie bis dahin kaum miteinander zu tun gehabt.

Der Wind frischte auf und kühlte Khanays Wangen. Er trug den Geruch nach Stall und Schweiß mit sich davon, der den Viehmarkt umwehte wie Rauch eine Flamme. Khanay zog sich ihr Tuch über Mund und Nase, und entging so dem Sand, den ein Windstoß über den Viehmarkt wehte. Der Markt lag ein Stück außerhalb von Hr'okkar und war so dem schwarzen Sand der Wüste schutzlos ausgeliefert. Leider gab es in der Stadt nicht genügend Platz für all die Käfige, Koppeln und Ställe, denn die größte Siedlung des Feuervolkes zwängte sich an den Wänden eines Kraters in die Tiefe, wo nur noch Feuer und Lava Licht und Wärme spendeten. Im Gegensatz dazu zeigte sich die Aschewüste beängstigend weit und eisig kalt.

Khanays Stute Flammenschweif, die sie hinter sich her am Zügel führte, schüttelte entrüstet die Mähne und stupste sie am Arm an. Sicherlich wäre sie jetzt lieber in ihrem gemütlichen Stall bei Heu und Hafer. Und wer konnte es dem alten Mädchen verdenken? Sie trug Khanay, seit sie gelernt hatte zu reiten, brav auf ihrem Rücken durch den Sand.

Und genau darum war Khanay heute hier. Sie wollte sich ein junges Pony aussuchen, das sie sich von ihren Eltern zu ihrem Geburtstag morgen schenken lassen konnte. Xero hatte sich angeboten, sie bei der Suche zu begleiten, und Khanays Vater war so begeistert von dieser Idee gewesen, dass er dem Ausflug sogar zugestimmt hatte, obwohl Khanay dabei allein mit dem jungen Zwergenmann unterwegs war.

Sie strich sich eine ihrer orangeroten Locken zurück unter das Tuch und lächelte Xero zu. Er sah so gut aus mit seinem kantigen Kinn und dem feuerroten Haar. Einen Bart durfte er noch nicht tragen, den musste er sich erst noch verdienen. Genau so einen Mann wie Xero hatte sich Khanay immer gewünscht. Umso mehr überraschte es sie, dass er sich ausgerechnet mit ihr abgab. »Was haltet Ihr von dem Schecken dort drüben?«, fragte sie.

»Der, der so unruhig den Kopf herumwirft?« Er betrachtete das Tier eingehend. »Er erscheint mir nicht passend für eine Dame von Stand wie Euch. Er ist gebaut wie ein Ackergaul. Seht, diese Fuchsstute würde Euch sicherlich viel besser stehen.«

Das Pony mit dem glänzend roten Fell stand abwesend an dem Seil, an dem alle Tiere angebunden waren, und regte nur die Ohren, wenn eine Fliege ihm zu nah kam.

»Hm.« Etwas in dieser Art hätte Khanays Mutter wohl auch gesagt. Trotzdem konnte sie sich

kaum von dem lebhaften Rappschecken losreißen. »Ich mag seinen wachen Blick.«

»Wacher Blick?« Xero lachte und zog sie am Ellbogen weiter. »So abenteuerlich es erscheinen mag, aber ein intelligentes Tier macht in aller Regel nur Ärger. Haltet Euch lieber an die, die Eure Befehle ausführen, ohne zu bocken.«

Khanay ließ sich von ihm zum Händler führen, auch wenn sie immer wieder Blicke zurück über die Schulter warf und den Ponyhengst aus dem Augenwinkel beobachtete.

»Was soll die Fuchsstute kosten?«, fragte Xero den Viehhändler, obwohl der sich ganz offensichtlich noch mit einem anderen Kunden in Verhandlungen befand. Beide Zwerge wirkten alles andere als begeistert von der Unterbrechung.

»Wartet, bis Ihr dran seid!«, grummelte der Händler und drehte Xero den Rücken zu.

Über das Gesicht des jungen Mannes legte sich ein Schatten. Er packte den Händler an der Schulter und zerrte ihn herum. »Ihr werdet mir die Frage sofort beantworten! Die Erbin des Qokkan-Clans wartet nicht.«

Der Händler riss sich von Xero los und musterte Khanay mit zusammengekniffenen Augen.

Sie wäre am liebsten zu Asche verpufft. Entschuldigend hob sie die Hände. »Was? O nein, schon gut. Wir haben doch keine Ei…«

»Was kostet die Märe?«, schnitt Xero ihr das Wort ab. Er deutete energisch auf die Fuchsstute, die uninteressiert an ihrem Heu knabberte, während der Schecke die Ohren spitzte und unruhig hin und her tänzelte.

Der andere Kunde schimpfte und verschwand im Getümmel auf dem Markt. Rauch stieg aus den Ohren des Händlers auf. »Jetzt hast du mir das Geschäft versaut!«

Khanay zupfte an Xeros Ärmel. »Lasst uns gehen, Xero.« Die Leute zeigten schon auf sie.

»So lasse ich nicht mit mir sprechen. Ich bin ein Qaggar und habe Respekt verdient!« Xeros Kopf leuchtete feuerrot und wurde mit jedem Wort, das er sagte, röter. Mit geballten Fäusten trat er auf den Händler zu. Sein Hengst, den er am langen Zügel führte, blähte die Nüstern und versuchte, von dem rauchenden Zwerg wegzukommen. Auch die Ponys des Händlers zerrten an den Stricken und verdrehten die Augen. Sogar die Fuchsstute ließ sich von der allgemeinen Panik anstecken.

»Xero, lasst es doch bitte gut sein.« Khanay legte ihrem Begleiter die Hand auf den Arm. Diese Fuchsstute war den Ärger doch gar nicht wert.

»Ein Qaggar? Sollte mir das irgendetwas sagen?«, fragte der Händler spöttisch.

Xero schüttelte Khanays Hand ab und warf sich in die Brust. »Du wagst es, mich zu verhöhnen, du glutloser Feuerwurm!«

»Wie nennst du mich? Du ...« Flammen schossen um den Händler herum in die Luft, als er vor lauter Wut entflammte. Keinen Wimpernschlag später brach Panik unter den Pferden aus. Sie stiegen und wieherten. Flammenschweif warf den Kopf in die Höhe, und Khanay taumelte einige Schritte zurück, um dem Tier mit dem Zügel nachzugeben, ohne loszulassen. Ein besonders lautes Wiehern ließ sie zusammenfahren.

Khanay wirbelte herum. Der Rappschecke stieg und zerrte an dem Strick, der ihn an das dicke Tau band. Wie wahnsinnig warf er den kräftigen Kopf herum und stemmte sich mit aller Kraft gegen das Seil. Die beachtlichen Muskeln an seinem schwarzweißen Hals traten hervor.

Mit einem Schnalzen riss das Seil. Beinahe verlor das Tier das Gleichgewicht, als der Zug an seinem Halfter mit einem Schlag endete. Aber er fing sich geschickt mit den Vorderbeinen ab, wendete in derselben Bewegung und fiel aus dem Stand in einen rasenden Galopp. Die Menschen sprangen kreischend zur Seite, auch Khanay.

Sie stolperte rückwärts, dabei verhakte sich ihr Fuß irgendwo und sie krachte mit dem Hintern auf den Boden. Wasser spritzte auf und durchtränkte ihre Kleidung. Schwarzer Schlamm tropfte von ihren Ärmeln. Die Pfütze.

Mit klackernden Hufen raste der Schecke an ihr vorbei und verschwand.

Der Händler, inzwischen wieder ohne brennenden Kopf, rannte dem Hengst fluchend hinterher. Der Rauch aus seinen Ohren war noch eine Weile über der Menge zu erkennen.

Khanay schüttelte die Hände aus, bespritzte sich dabei aber nur mit noch mehr Dreck. Sie rümpfte die Nase. »Bei Fidea.« Das Wasser war schneidend kalt.

Xero tauchte an ihrer Seite auf. Er hielt ihr die Hand hin und zog sie etwas ungalant auf die Beine. »Geht es Euch gut, Lady Qokkan?«

Sie antwortete nicht, sondern wischte sich die Hände an der weiten Hose trocken. Schwarzer Schlamm hinterließ unschöne Flecken auf dem rostfarbenen Samt.

»Das wird dieser Hitzkopf noch büßen, so lassen wir Qaggars uns nicht behandeln.« Xero reichte ihr die Zügel ihrer Stute, die inzwischen wieder ruhig darauf wartete, was als Nächstes geschehen würde.

Dann hielt er ihr ein schlohweißes Spitzentaschentuch unter die Nase. Khanay nahm es zwar, tupfte sich damit aber nicht über die wirklich

schmutzigen Stellen ihrer Kleidung, dazu erschien es ihr viel zu wertvoll.

»Aber nun konntet ihr zumindest eindeutig erkennen, dass dieser Wildfang von einem Mistvieh nicht die richtige Wahl für Euch gewesen wäre.«

Khanay nickte zögerlich, obwohl sie irgendwie das Gefühl nicht los wurde, der Hengst hatte das einzig Richtige getan, nämlich die beiden Brandherde weit hinter sich zu lassen. Sie schlang die Arme um sich und steckte die Hände unter die Achseln. Trotzdem begann sie zu zittern. Sie war klitschnass, und der eisige Wind drang ihr nun bis auf die Haut. »Ich fürchte, ich muss nach Hause und mich umziehen«, sagte sie.

Xero strich sich das Haar glatt. »Selbstverständlich müsst Ihr das. Eine Schande, dass wir uns jetzt schon verabschieden müssen. Auch das wird dieser Wicht bezahlen …«

Sie stutzte. »Verabschieden? Werdet ihr mich nicht begleiten?«

»Oh.« Xero druckste etwas herum. »Nein. Verzeiht, dass ich Euch das nicht bereits erzählt habe, aber ich habe noch eine weitere Verabredung.«

Seine Worte fühlten sich an wie ein Schlag ins Gesicht. »Oh«, sagte Khanay nur und senkte den Blick. Dabei stach ihr ihre völlig verdreckte Kleidung in die Augen. Sie musste wahrlich fürchterlich aussehen. Am liebsten hätte sie sich vor Xero versteckt, um ihm diesen Anblick zu ersparen.

»Lady Qokkan?«

Khanay sah wieder auf. Xero hielt ihren Steigbügel, um ihr beim Aufsitzen zu helfen. »Ihr solltet wirklich zusehen, dass ihr nach Hause kommt, bevor ihr Euch noch verkühlt.«

Khanay zwang sich zu einem Lächeln. Sie ließ sich von ihm auf Flammenschweif helfen, obwohl sie es auch problemlos ohne ihn geschafft hätte aufzusteigen. »Dann sehen wir uns also morgen auf meiner Feier?«

»Ich kann es kaum erwarten.« Xero schenkte ihr zum Abschied ein strahlendes Lächeln, dessen Wärme den unangenehmen Knoten in ihrem Magen zumindest ein wenig löste. Khanay winkte ihm, bis sie sich nicht mehr weiter verdrehen konnte, um ihn noch zu sehen. Schließlich wandte sie sich seufzend nach vorne und lenkte Flammenschweif Richtung Hr'okkar durch die Menge, vorbei an all den muhenden Kühen, Ochsen, gackernden Hühnern und jaulenden Hunden. Die Kälte war vergessen, denn in Gedanken hörte sie Xeros weiche Stimme. Er konnte es kaum erwarten.

Trotzdem blieb das unangenehme Gefühl.

Leider erinnerte sie der Wind wieder an ihre durchnässten Sachen, sobald sie den Markt hinter sich ließ und Flammenschweif in die offene Aschewüste lenkte. Deswegen wählte sie auch den schnelleren Weg, den sie zu Pferd ansonsten mied, denn die fauchenden und spuckenden Geysire verunsicherten die Tiere nur unnötig. Aber Khanay wollte schnell nach Hause, in ihr beheiztes Badezimmer, sich den Schmutz von der Haut waschen und sich mit einem guten Buch nah an den Kohleofen kuscheln. Vielleicht würde Nana, die Köchin, ihr sogar eine heiße Schokolade kochen. Auf jeden Fall hätte sie wie immer etwas für sie zu knabbern beiseitegelegt.

Khanay seufzte und stupste Flammenschweif mit den Fersen an, damit sie in einen flotten Kanter fiel. Ihre Hufe wirbelten den Staub der Wüste auf, sodass Khanay sich ihren Schal über Mund und Nase zog. Schwarz glänzende Dünen zogen in sanften Wellen bis zum Horizont, nur von gelegentlichen Felsen und knorrigen Ästen unterbrochen. Das Feld der Geysire war nicht mehr weit – hinter der nächsten Düne stieg bereits weißer Dunst auf, und ab und an bebte die Erde kaum merklich, wenn sich Druck und Hitze aufgeheizt von den Strömen aus Lava, die unterirdisch von den Bergen bis ins Meer zogen, aus dem Inneren entluden.

Sie erreichte den Scheitelpunkt der Düne und überblickte das Feld, das sie vom Krater Hr'okkars trennte. Wahrlich ein Schlachtfeld der Götter, zumindest behaupteten das die Legenden. Scharfkantige schwarze Felsen ragten in den Himmel. Aus dem aufgerissenen Boden dampfte und gluckerte es, und weiße Dunstschwaden hingen in den Senken zwischen den Felsen, als versuchten sie, die Wunden der Wüste zu verbergen. Bei diesem Anblick empfand Khanay sowohl Respekt vor der Macht der Götter als auch Stolz. Denn Fidea und Fortitudos hatten das Volk des Feuers erwählt, um die Flákk Quorinn, die ewige Flamme, zu bewahren. Und sie, Khanay, war ein Teil dieses Volkes, auch wenn sie keinerlei magische Fähigkeiten besaß. Sie war ein Teil dieser Geschichte, und sie würde alles tun, um ihren Beitrag zu leisten. Sie war ihren Eltern eine gute Tochter, sie würde ihrem zukünftigen Gatten eine gute Frau sein und ihren Kindern eine gute Mutter. Oh, und sie würde ihrem neuen Pony eine gute Freundin sein. Aber zuerst musste sie aus den nassen Sachen heraus.

»Bei Fidea, ist das kalt«, murmelte sie der nächsten Windböe entgegen und lenkte ihr Pony die Düne hinab, in den wabernden Dampf hinein.

Ihre Stute zuckte mit den Ohren und streckte die Nase in die Luft. Ihre Flanken bebten vor Auf-

regung, und Khanay hatte alle Hände und Beine
voll damit zu tun, das alte Mädchen ruhig zu halten.
Als erfahrene Reiterin ritt sie nicht das erste Mal allein durch die Wüste. Tatsächlich machte sie solche
Ausflüge zum Markt regelmäßig, allerdings mied
sie dann diese Strecke. Und die unruhig zuckenden
Ohren ihrer Stute erinnerten sie nun wieder an den
Grund dafür.

Inzwischen rann Khanay der Schweiß die Stirn
hinab und über die Nasenspitze. Das zumindest
war ein Vorteil dieses Weges: Sie fror nicht mehr.
Heißer Wasserdampf zischte nur wenige Meter
neben ihr aus dem Boden, und Flammenschweif
machte einen Sprung zur Seite. Khanay konnte
sich gerade noch in ihre Mähne krallen. »Ruhig,
meine Gute. Ganz ruhig«, sagte sie und tätschelte
ihren Hals.

Zum Glück war das Ende des Tals nicht mehr
weit. Khanay konnte schon die scharfkantigen
Klippen des Kraters erkennen, und am Horizont
schnitten die Gläsernen Berge wie schwarze Dolche in den Himmel.

Der Boden vibrierte. Khanay setzte sich schwerer in den Sattel, um Flammenschweif zu bremsen,
als der steinige Grund zwischen den Vorderhufen
des Tieres aufbrach. Eine Fontäne schoss mit einem zischenden Heulen aus dem Boden. Dampf
blendete sie. Die Stute riss den Kopf hoch und

stieg. Khanay presste die Knie zusammen, aber zu spät: Sie verlor das Gleichgewicht und stürzte schreiend aus dem Sattel. Krachend landete sie im schwarzen Sand. Der Aufprall trieb ihr die Luft aus den Lungen, und für einen Augenblick tanzten glühende Funken um ihren Kopf. Als sich ihr Blick wieder klärte, war Flammenschweif auf und davon. Nur noch eine Staubwolke sagte Khanay, dass sie den Weg in den sicheren Stall eingeschlagen hatte. Hoffentlich war die Stute nicht mit dem kochend heißen Wasser aus dem Geysir in Berührung gekommen.

Sie verkniff sich den Fluch, der ihr auf den Lippen lag. Stattdessen rezitierte sie einen ihrer liebsten Verse aus dem Buch Fidea. Es ging um Geduld …

Der Sand klebte auf den noch feuchten Stellen ihrer Kleidung und in ihren Augenwinkeln. Langsam setzte sie sich auf. Ihre Schulter schmerzte, ebenso ihr Bein und ihr Hintern, denn auf den war sie heute schon das zweite Mal gefallen.

Khanay beendete ihre Bestandsaufnahme und klopfte sich den Sand aus den weiten Hosenbeinen und ihrem Schal. Sie würde wohl noch eine Weile länger frieren müssen, denn zu Fuß lag ein langer Weg vor ihr. Stöhnend richtete sie sich auf. Schmerz zuckte durch ihren Knöchel, und ihr Bein gab nach. Wieder landete sie auf dem Hintern.

Nun fluchte Khanay doch noch. »Fidea verzeih …«, fügte sie schnell an. Sie versuchte, noch einmal aufzustehen, mit demselben Ergebnis. Jetzt hatte sie tatsächlich ein Problem.

Khanay sah sich um. Das hier war die schnellste Route vom Viehmarkt aus in die Hauptstadt. Irgendjemand würde hier durchkommen, früher oder später. Sie starrte auf die Düne, von der aus sie vorhin noch über das Tal geblickt hatte. Außer Wind und Sand rührte sich dort nichts. Vermutlich war sie nicht die Einzige, die diese Strecke ungern nutzte.

Eine Weile saß sie nur da, schob Sand hin und her und wartete. Die Kälte kroch wieder durch ihre Kleider und die Schmerzen von dem Sturz drängten sich immer weiter in ihr Bewusstsein. Die Schürfwunden auf ihrer Haut brannten. Was, wenn noch mehr Sand in die Wunden käme? Wenn sie sich entzündeten? Was, wenn der Knöchel gebrochen war? Was, wenn sie nie mehr reiten können würde?

Ihre Hände begannen zu zittern. Hielt sich in Rakkett, der nächstgrößeren Siedlung außerhalb Hr'okkars, überhaupt ein magischer Heiler des Wasservolkes auf? Die blauhäutigen Einwohner Zanzaras betraten die Hauptstadt des Feuervolkes nicht, aber manchmal verirrte sich ein

Heilender in die Zeltstadt im Herzen der Wüste. Vielleicht hätte Khanay Glück, vielleicht …

Aber bevor sie einen Heilenden aufsuchen konnte, musste sie erst einmal nach Hause kommen. Was würde ihre liebste Romanheldin Kanna Xonar in so einer Situation tun?

Ihr Blick wanderte von der hohen Düne über die Ebene bis zu einem knorrigen Bäumchen nicht weit von ihr. Einige hartnäckige Blätter klammerten sich an seine Äste.

Khanay hievte sich auf alle viere und kroch auf den Baum zu. Bei jeder Bewegung ihres Beins zuckte sie vor Schmerz zusammen. Ihr Knöchel pochte im Takt ihres Herzschlags, und der Fuß fühlte sich geschwollen an. So gut es ging, versuchte sie, die Angst und das Stechen im Gelenk zu verdrängen.

Sie schlang ihre Arme um den Baumstamm und zog sich hoch, bis sie einen der untersten Äste erreichte, den sie fest packte und zog.

Der Ast gab leichter nach, als sie erwartet hatte. Mit einem Kreischen stürzte sie schon wieder zu Boden. Kurz wurde ihr schwarz vor Augen, doch das Pochen in ihrem Knöchel verhinderte, dass sie das Bewusstsein verlor. Khanay klammerte sich mit bebendem Kinn an den Ast. Ihr war nicht bewusst gewesen, dass eine Verstauchung so schmerzen konnte. Vielleicht handelte es sich

doch um einen Bruch? Kurz spielte sie mit dem Gedanken, den Stiefel auszuziehen und nachzusehen. Aber schon allein von dem Gedanken daran wurde ihr ganz schlecht. Und es würde auch nichts an ihrer gegenwärtigen Situation ändern. Sie presste die Lippen aufeinander, nahm ihre Kraft zusammen, stützte sich auf den Ast ... und stand auf. Bibbernd schaffte sie es, das Gleichgewicht zu halten. So weit, so gut. Jetzt laufen.

Jeder einzelne Schritt war eine Qual, und der Krater kam einfach nicht näher. Dafür sank die Sonne immer tiefer in Richtung der Dünen. Was, wenn sie es nicht bis zur Schattenstunde nach Hause schaffte? Die Nächte in der Wüste waren eisig, und es gab wilde Tiere hier draußen. Hungrige Tiere. Bisher war sie auf ihren Ausflügen nur den großen, aber friedvollen Feuerechsen begegnet, die nachts ihre warmen Höhlen verließen, um Felsenspringer zu jagen. Aber irgendwo hier draußen gab es auch Sandbären, wilde Hunde und Nachtkatzen. Räuber.

Khanay schluckte und humpelte schneller. Ein Rascheln ließ sie zusammenfahren. Sie hob den Ast wie ein Schwert und suchte nach der Quelle des Geräuschs. In einem Gebüsch ein Stück abseits des Weges rührte sich etwas. Etwas Großes. Etwas, das eindeutig keine Feuerechse war. Khanays Finger krampften sich um ihre improvisierte Waffe. Wenn sie doch nur kämpfen könnte, so wie Kanna Xonar.

Das Etwas hinter dem Busch reckte den Kopf in ihre Richtung und betrachtete sie mit wachen Augen. Der Rappschecke!

Khanay ließ den Ast sinken.

Vorsichtig humpelte sie auf das Pony zu, »Schhh. Keine Angst. Alles ist gut.« Sie hob die Hände, um ihm zu zeigen, dass sie harmlos war.

Der Hengst zuckte nervös mit den Ohren und tänzelte auf der Stelle. Anscheinend hatte sich sein Strick in dem Gebüsch verfangen. Bei jedem Zischen eines der Geysire riss er an dem Seil und wieherte laut. Khanay hätte ihn vermutlich schon früher gehört, wäre sie nicht so damit beschäftigt gewesen, im Selbstmitleid zu baden. Sie streckte ihm die Hand entgegen, und er drückte seine weiche Nase in ihre Handfläche. »Guter Junge«, flüsterte sie und streichelte seinen Hals. Der Hengst schnaubte und senkte den Kopf. Mit den Lippen fischte er nach dem Seil.

Khanay nickte und pfriemelte den Strick aus dem Geäst. Dann führte sie das Pony auf den Weg. Sie streichelte seine bebende Flanke; Schweiß verklebte sein Fell. »Mein Armer. Du brauchst eine schöne Striegelmassage und Hafer, nicht wahr?« Sie streichelte seine Schulter und seinen Rücken. Der Hengst ließ sie dabei nicht aus den Augen.

»Denkst du, du kannst mich noch nach Hause tragen? Dann bekommst du einen warmen Stall und eine Extraration Futter.«

Kopfschüttelnd stimmte das Tier zu. Zumindest hoffte Khanay das. Sie hielt sich an seiner Mähne fest und zog sich daran hoch. Stöhnend hievte sie ihr verletztes Bein über den Rücken des Ponys. Er schlug mit dem Schweif nach ihr, ließ sie aber sitzen. Khanay tätschelte seinen Hals. »Danke, mein Guter und danke, Fidea.« Sie drückte ihre Fersen in seine Seiten. Der Hengst reagierte sofort und trug sie mit federleichten Schritten nach Hause.

Mit einem erleichterten Seufzen ritt Khanay in den Hinterhof des Anwesens ihrer Eltern ein und ließ sich vom Stallburschen vom Pferd helfen. Der Junge band den Ponyhengst an einen Pfosten und stützte sie dann auf ihrem Weg zum Dienstboteneingang. Den verwendete Khanay nicht nur, wenn ein verstauchter Knöchel ihr das Gehen erschwerte, sondern eigentlich fast immer. Er lag einfach näher an den Stallungen als der Haupteingang, und sie konnte sich bei Nana für die zu erwartende Standpauke stärken, bevor sie zu ihren Eltern ging.

»Bei Fidea, was ist denn mit Euch geschehen?«, fragte Nana, als Khanay sich in der Küche auf einen Stuhl plumpsen ließ.

Khanay sah dem Stallburschen hinterher, der wieder nach draußen verschwand, um sich um den Rappschecken zu kümmern. »Es ist nichts Schlimmes, hoffe ich. Nur mein Knöchel.«

Nana rutschte einen Schemel in Khanays Nähe und sie hob ihr Bein vorsichtig darauf. Sofort ließ der schmerzhafte Druck im Knöchel etwas nach.

»Ja, aber was ist denn passiert?«

Khanay überlegte, ob sie der älteren Zwergin die Wahrheit erzählen sollte, und entschied sich schließlich dafür, obwohl es ihr peinlich war, vom Pferd gestürzt zu sein.

Nana stellte klirrend eine Tasse Schokolade vor Khanay ab, deren wärmender Duft ihr in die Nase stieg.

»Und Meister Qaggar hat Euch einfach so allein zurückreiten lassen?«

Das war nicht die Frage, die Khanay erwartet hatte. »Ähm, na ja, nicht einfach so. Er weiß, dass ich eine geübte Reiterin bin und den Weg kenne …«

Nana rührte wieder in der Soße und musterte Khanay von der Seite. »Wenn Ihr das sagt, Lady Qokkan.« Sie klang nicht sonderlich überzeugt. Der unangenehme Knoten in Khanays Magen, den sie während ihres Ritts vergessen hatte, zog sich erneut zusammen, diesmal fester. »Er wollte sicherlich nicht, dass mir etwas zustößt.«

Nana streute eine Prise Salz in den Topf. »Ganz bestimmt nicht ... aber ...« Sie schmeckte die Soße und nahm eine weitere Prise. »Aber wisst Ihr, unsereins hört so einiges.«

Khanay nippte an ihrer heißen Schokolade, die heute ungewöhnlich bitter schmeckte. »Was meinst du damit, Nana?«

Der Blick der Köchin huschte erst zu Khanay und dann zum Dienstboteneingang. »Ich gehe mit der Köchin der Qaggars regelmäßig auf den Markt und nun ...«

»Nana!«

»Nun ... Das Verhalten des jungen Meisters gegenüber dem Personal zeugt nicht unbedingt von Wertschätzung.« Sie wich Khanays fragendem Blick aus. »Gerade gegenüber den jüngeren Hausmädchen ...«

Khanay setzte die Tasse klirrend ab. Eine leichte Übelkeit stieg in ihr auf. »Xero Qaggar hat sich immer absolut zuvorkommend mir gegenüber verhalten. Und mein Vater mag ihn.«

»Außer heute, als er Euch alleingelassen hat, obwohl er die Verantwortung für Euch trug.«

Khanay sprang vom Stuhl auf und bereute es sofort wieder, als der Schmerz in ihrem Knöchel explodierte. »Xero weiß eben, dass ich die Verantwortung für mich selbst tragen kann!«, rief sie. Dann humpelte sie aus der Küche.

Auf halben Weg zum Salon ihrer Eltern bat Khanay einen der Diener um Hilfe, denn ihr Bein schmerzte nach den wenigen Schritten derart, dass sie es kaum mehr aushielt.

Das Pochen übertönte beinahe ihre Gedanken. Aber nur beinahe. Hatte Xero sie wider besseren Wissens in Gefahr gebracht? Nein, sicherlich nicht. Oder? Er war immer so höflich zu ihr und nett. Netter, als er sein müsste. Und das, obwohl sie nicht einmal besonders hübsch war.

Der Diener stützte sie den ganzen langen Gang entlang. Die hohen Fenster zeigten zum Hof hinaus. Draußen striegelte der Stallbursche gerade den Rappschecken. Khanay atmete tief ein. Jetzt war nicht der Moment, um über Xero nachzudenken. Zuerst musste sie mit ihren Eltern über etwas anderes sprechen.

»Mutter, Vater!«

Auf den Diener gestützt humpelte Khanay in den Salon, in dem ihre Eltern gerade ihren Tee einnahmen. Ihre Mutter sprang bei ihrem Anblick sofort aus dem Sessel auf. Die Teetasse aus ihren Händen fiel klirrend zu Boden. Khanays Vater zog die dichten Brauen zusammen.

»Wie siehst du nur aus, mein Schatz?«, rief ihre Mutter.

»Mir geht es gut«, log Khanay. »Ich komme gerade vom Viehmarkt.«

Sie erzählte ihnen von ihrem Ausflug, dem wachen Blick des Rappschecken, von dem Streit mit dem Händler und der Flucht des Ponys. Danach berichtete sie von ihrem Heimritt und davon, wie er geendet war. Dabei betonte sie den Part, den der Ponyhengst in der Geschichte gespielt hatte. Xeros zweite Verabredung ließ sie absichtlich aus, um ihn nicht in einem schlechten Licht dastehen zu lassen. Zum Glück fragte ihr Vater nicht weiter nach.

Stattdessen legte er ihr eine Decke um die Schultern. Khanay nahm sie dankbar an und ließ sich mit der Hilfe des Dieners in einem Sessel nah am Kohleofen nieder.

»Und nun sollen wir den Hengst bei dem Händler bezahlen, damit du ihn behalten kannst?« Die Goldmünzen im Bart ihres Vaters klimperten leise, wie sie es immer taten, wenn er schmunzelte. Er reichte ihr eine frische Tasse Tee.

Ihre Mutter keuchte. »Niemals! Ich finde, Meister Qaggar hat völlig recht, wenn er sagt, dass dieses Tier sich nicht für eine feine Dame geziemt.« Sie schüttelte energisch den Kopf, sodass eine vorwitzige Haarsträhne aus ihrem Schal ins Gesicht fiel. »Überhaupt hat so ein wildes Tier nichts in unseren

Stallungen zu suchen. Wähle lieber eine ruhige, erfahrene Stute, meine Liebe.«

»Er ist kein wildes Tier, Mutter.«

»Hast du nicht gerade erst erzählt, wie er dich umgerannt hat?«

Khanay klammerte sich an ihre Tasse. »Ich bin gestolpert, über meine eigenen Füße. Und der Hengst hat mich gerettet.«

Ihre Mutter schnaubte. Ihr Vater trat mit nachdenklicher Miene ans Fenster, von wo man auf die Stallungen hinuntersehen konnte, in denen das Pony vom Stallburschen versorgt wurde. Zusammen mit Flammenschweif, die nur Minuten vor Khanay auf dem Hof des Anwesens aufgetaucht war, verschwitzt, aber wohlauf.

»Vater, bitte«, flehte Khanay. »Er ist etwas Besonderes, das fühle ich. Wir gehören zusammen.«

Ihr Vater fuhr sich durch den Bart und seufzte.

»Korak, du wirst das doch nicht ernsthaft in Erwägung ziehen? Deine Tochter ist gerade eben erst von so einem Monstrum abgeworfen worden!«

»So war das nicht, Mutter …«

Korak drehte sich mit Schwung um. »Schluss jetzt.«

Khanay verstummte.

»Du solltest dich erst einmal umziehen, bevor du noch erfrierst. Und dann lassen wir nach einem Heilenden suchen, der sich deine Verletzungen an-

sieht.« Ihr Vater kam auf sie zu und legte ihr eine Hand auf das Haupt. »Ich will nicht, dass meinem einzigen Kind etwas zustößt. Da bin ich ganz einer Meinung mit deiner Mutter. Das ist mein letztes Wort.«

Khanay sanken die Schultern herab. Aber es war doch Schicksal gewesen, dass sie das Pony im Tal gefunden hatte. Er war ihr von Fidea geschickt worden, daran glaubte sie ganz fest. Trotzdem gehorchte sie ihrem Vater.

Kanna Xonar sprang über den Felsen, nutzte den Schwung und rollte sich dahinter ab. Mit dem Rücken presste sie sich gegen kalten Stein. Ein lautes Zischen rollte über sie hinweg, gefolgt von grellem Licht, das sie blendete. Kanna blinzelte die weißen Lichtflecke in ihrem Sichtfeld weg. Über ihr schossen Feuerbälle über das Gestein, Hitze ließ die Luft flimmern. Ihr Atem ging stoßweise. Die Feinde kamen näher, und für sie gab es nur einen Ausweg, durch die Flammen hindurch ...

»Lady Qokkan, es ist so weit.« Die Stimme des Dieners riss Khanay aus der Geschichte. Verdammt, ausgerechnet an der spannendsten Stelle! Die, an der Kanna Xonar über sich hinauswuchs und durch das Feuer schritt, obwohl sie keine Feuermagierin war. Khanay legte das Buch zur Seite und strich über den Buchrücken. Kanna Xonar und der Felsen der Sapientia war ihre Lieblingsgeschichte und genau so sah das Buch auch aus. Zerlesen. Liebevoll legte sie es auf dem Tischchen ab. Wieder einmal hatte Kanna Xonar sie von düsteren Gedanken abgelenkt. Ein gutes Buch schaffte es eben genauso die Seele zu wärmen, wie eine heiße Schokolade oder ein knisterndes Feuer. Khanay wollte nicht schlecht von Xero denken und sie hatte eigentlich auch keinen triftigen Grund dazu. Also würde sie jetzt sofort damit aufhören. Sie nahm die Sehhilfe von der Nase und verstaute sie in dem Beutel, den sie immer um ihren Hals trug. Auf ihren Gehstock gestützt humpelte sie noch einmal zum Spiegel und richtete ihre Frisur und den Schal darüber. Ihre Gäste waren eingetroffen, und sie musste sie begrüßen, Geschenke entgegennehmen ... und das, obwohl Khanay alles andere als zum Feiern zumute war. Nicht nur Nanas Bedenken Xero gegenüber lagen ihr schwer im Magen. Ihr Vater war heute morgen zum Viehmarkt aufgebrochen. Und ihre Mutter hatte beim Frühstück verlauten lassen, dass Xero ihm wohl einen Hinweis auf ein passendes Pony für Khanay gegeben hatte. Vermutlich würde sie also die langweilige Fuchsstute bekommen. Khanay sollte trotz allem dankbar sein, fühlte aber nur den Verlust des gescheckten Ponyhengstes.

Lustlos schleppte sie sich zum Saal, aus dem bereits zahlreiche Stimmen drangen. Xeros lautes Lachen schallte durch die Tür. Das munterte sie zumindest ein wenig auf.

Eine Dienerin öffnete ihr, und Khanay trat ein. Licht flutete ihr entgegen, sogar in den großen Kronleuchtern waren die Kerzen entzündet worden. Alles funkelte und glänzte. Applaus schwoll an, als Khanay in die Saalmitte trat. Gläser wurden gehoben. Ihr Vater kam strahlend auf sie zu. Hinter ihm prostete ihr Meister Khataan Súlandor zu, ihr Runenkundelehrer, zu dem sie ein freundschaftliches Verhältnis pflegte. Auch ihre Tante war aus den Gläsernen Bergen gekommen. Die jungen Töchter anderer Familien von Stand präsentierten sich in ihren besten Gewändern. Xuja, die jüngste Tochter des obersten Priesters, winkte Khanay zu.

Ein Lächeln stahl sich in Khanays Gesicht. Sie waren alle wegen ihr gekommen, nur wegen ihr.

Sogar Xero. Der schob sich an Khanays Vater vorbei und strahlte noch mehr als die Kronleuchter über ihren Köpfen. Er hielt eine flache Schatulle in den Händen vor sich.

»Lady Qokkan, ihr leuchtet förmlich«, begrüßte er sie. »Verzeiht, wenn ich mich in den Vordergrund dränge, aber ich kann es kaum erwarten,

Euer Gesicht zu sehen, wenn ihr mein Geschenk öffnet.«

Die Gäste scharrten sich um sie und Khanay fühlte, wie ihr die Hitze ins Gesicht schoss. »Das wäre doch nicht nötig gewesen«, sagte sie leise.

Sein Lächeln wurde noch breiter, ein entzückendes Lächeln. »Doch das ist es. Gerade deswegen, weil ihr wegen meines Termins beim Juwelier zu Schaden gekommen seid. Bitte.« Er hielt ihr die Schatulle hin. Das dunkle Holz der Box glänzte im Licht der Kerzen und Kamine. Deswegen also hatte er sie allein gelassen! Um ihr ein Geschenk zu kaufen! Natürlich hatte er ihr nichts davon erzählten, das hätte ja die Überraschung verdorben. Zum ersten Mal seit ihrem Abschied auf dem Markt löste sich der Knoten in Khanays Magen vollständig auf, und an seiner Stelle breitete sich eine wohlige Wärme aus.

Khanay nahm die Schatulle zögerlich entgegen und öffnete den Verschluss. Ein Raunen ging durch die Menge. Auf weinroten Samt gebettet glitzerten Steine wie Funken am Nachthimmel: Ein Paar Ohrringe und ein passendes Amulett, geformt wie die Spitze einer züngelnden Flamme. Gefallene Sterne, in deren Inneren ein ganz eigenes, kühles Licht glühte. So einen erlesenen Schmuck hatte sie bisher immer nur in Büchern über Lichtburg und das Himmelsvolk gesehen.

»Wundervoll«, hauchte Khanay und sah auf in Xeros Gesicht. »Oh, Xero. Ihr müsst den Verstand verloren haben.«

»Das habe ich wohl.«

»Ganz fantastisch, wirklich.« Korak schlug Xero begeistert auf die Schulter. »Ich muss Euren Geschmack loben, junger Meister Qaggar. Aber nun möchte ich meine liebliche Tochter einen kurzen Augenblick von Euch entführen. Nicht lange, versprochen, dann könnt Ihr sie ganz und gar vereinnahmen.« Er zwinkerte dem jungen Zwerg zu. Dann legte er Khanays Arm in seine Armbeuge und führte sie an eines der Fenster. Der Hof des Anwesens war heute hell erleuchtet, und in seiner Mitte stand der Stallbursche, der an einem Strick ein Pony auf einem Zirkel führte. Der Rappschecke schnaubte und warf den Kopf, sodass seine Mähne nur so flog.

»Oh, Vater!«, rief Khanay begeistert, drückte Xero die Schatulle mit dem Schmuck in die Hände und warf ihrem Vater die Arme um den Hals.

Er lachte und zog sie fest an sich. »Ich musste deiner Mutter versprechen, dass ich einen guten Bereiter für den Wildfang engagiere ... aber nun ja, was soll ich sagen. Dein strahlendes Gesicht war den Streit wert.«

»Ich danke dir«, murmelte sie ihrem Vater ins Haar und dankte in Gedanken auch Fidea für diese glückliche Fügung.

»Jetzt wirst du dir wohl einen passenden Namen für das edle Tier überlegen müssen.«

Khanay löste sich aus der Umarmung und betrachtete den gescheckten Hengst durch das Fenster. »Ich weiß schon einen«, gab sie zu. »Brandfleck soll er heißen.«

WIE EINE FEDER IM WIND

Nejhalania schüttelte den Kopf, und der Diener verharrte, die Hand am Türknauf.

Nur noch einen kurzen Augenblick wollte sie die Ruhe genießen, die Stille des Abends hoch über den Wolken. Ein laues Lüftchen zog zwischen den Türmen Lichtburgs dahin. Nicht weit von ihr plätscherte Wasser in einem der Aquädukte. Sie stand auf dem Landebalkon, vor dem von Säulen flankierten Haupteingang des Gebäudes, im höchsten Geschoss des Turmes im Zentrum der Stadt und hielt die Nase in den Wind. Noch einmal atmete sie tief ein und aus, dann nickte sie dem Mann vor sich zu. Er öffnete die Tür. Licht und Gesprächsfetzen ergossen sich aus dem Inneren. Sie schritt über die marmorne Türschwelle, und sofort hielt ihr jemand ein Tablett mit nett angerichteten Getränken unter die Nase. Weine in

bauchigen Gläsern standen dort neben hohen Kelchen, aus denen die weißen Schaumkronen überschwappten. Das Himmelblaue Wölkchen war Nejhalania viel zu süß. Den beißenden Geruch des Blitzschlags, eines starken Schnapses, der traditionell in rustikalen Zinnbechern serviert wurde, mochte sie ebenso wenig. Nejhalania wählte einen einfachen Weißwein, und sofort kamen von der anderen Seite Häppchen in ihr Sichtfeld: in Bohinda-Schinken gewickelte Feigen und Algensalat auf deftigem Mürbeteig. Beides ließ sie die Nase krausziehen. Viel lieber hätte sie ein einfaches Stück Apfelkuchen gegessen. Nicht einmal einen kandierten Apfel hatte sie auf dem Gründungsfest gekauft. Irgendwie machte sie diese unbedeutende Kleinigkeit trauriger als alles andere, das heute geschehen war.

Sie winkte ab und musterte die Anwesenden.

Lauder Yanar Nebellicht, ihr Gastgeber, stach auf den ersten Blick heraus. Er war, höflich gesagt, korpulent und laut. Und er war ein Speichellecker, der sich gern bei den Mächtigen Lichtburgs einschmeichelte. Nur deswegen war Donna eingeladen worden und eben auch Nejhalania.

Über all den geschmückten Frisuren und Flügeln konnte Nejhalania weder die vertrauten ergrauten Schwingen noch den stahlgrauen Kopf ihrer Großmutter ausmachen. Wenn sie wüsste, wo Donna sich aufhielt, könnte sie ihr zumindest aus dem Weg gehen.

»Ahhh, Lauda Winterwind!«

Nejhalania wandte sich dem Rufenden zu, aber nicht bevor sie noch einmal die Gruppe der Gäste abgesucht hatte. Zum Glück schien Donna, sollte sie sich dort irgendwo aufhalten, den Aufschrei nicht gehört zu haben.

»Wie schön, dass Ihr Euch zu uns gesellt.« Yanar Nebellicht deutete eine Verneigung an und Nejhalania tat es ihm gleich.

»Nur zu gern«, log sie. »Ich danke Euch für die Einladung, Lauder. Und ich freue mich auf das Konzert.«

»Ah ja.« Er schnappte sich eine in Speck gewickelte Dattel von dem Tablett eines vorbeihuschenden Dieners und steckte sie sich in den Mund. »Eine schöne Tradition, nicht? Ich freue mich jedes Jahr aufs Neue auf diese kleine Feier, bei denen ich meine engsten Freunde verwöhnen darf.«

Engsten Freunde? Hier im Raum befanden sich Älteste und Abgeordnete und reiche Geschäftsleute. Alles Angehörige der ultratraditionellen Lichtgruppe, zu der auch Donna gehörte. Diese Leute hatten keine Freunde, sondern Gleichgesinnte, Verbündete und Vertragspartner.

Nejhalania lächelte. »Wisst Ihr zufällig, ob meine Großmutter bereits eingetroffen ist?«

Yanar fischte schon wieder nach einem Happen. »Sie kam kurz vor Euch herein, Lauda.« Er drehte sich um sich selbst und streifte Nejhalania dabei fast mit den Schwingen. »Nun, vielleicht macht sie sich gerade etwas frisch nach dem Flug.« Yanar zeigte in die Richtung, in der sich vermutlich die Waschräume befanden. »Ich empfehle Euch den Rotwein. Es handelt sich um einen besonders guten und teuren Jahrgang. Sonnenseer versteht sich.« Er nickte zu Nejhalanias Glas, an dem sie noch nicht einmal genippt hatte.

»Oh, ich werde ihn mir nicht entgehen lassen«, versicherte Nejhalania. »Da ist ja Magistra von Wolkenbruch«, rief sie überrascht aus, als sie die Älteste an den bodentiefen Fenstern entdeckte. Die Magistra klammerte sich etwas verloren an ihr Glas, ihr Blick ging nach draußen. Sie war die Einzige hier, die nicht der Lichtgruppe angehörte.

»Lathra hat bei unserer letzten Begegnung geäußert, wie sehr sie Musik genießt, und da kam ich nicht umhin, sie einzuladen.«

Natürlich wäre es ein Affront gewesen, über ein privates Konzert zu schwärmen und einen solchen Kommentar einer Ältesten einfach zu übergehen. Die Frage war nun nur noch, warum von Wolkenbruch die Einladung nicht ausgeschlagen hatte. Nejhalania musterte sie mit zusammengekniffenen Brauen, da wandte diese den Kopf. Ihre Blicke trafen sich. Lathra lächelte und hob ihr Glas. Nejhalania hob ihres ebenfalls.

»Ihr kennt die Dekanin?«, fragte Yanar mit bewunderndem Blick.

»Nun, ich studiere noch an der Universität«, erinnerte sie ihn.

»Selbstverständlich, wie konnte mir das entfallen.« Er lachte kehlig und wollte mit ihr anstoßen.

Lathra von Wolkenbruch sah immer noch zu ihr herüber. Dann öffnete sie die Schwingen leicht und lud Nejhalania so zu einem Gespräch ein. »Ihr entschuldigt mich?«

Nach einem weiteren Kontrollblick durchschritt Nejhalania den Raum, darauf bedacht, sich wie eine Feder im Wind um die anderen Himmelsmenschen zu winden, niemanden zu streifen und um der Götter willen bloß nicht mit Donna zusammenzustoßen. Mit jedem Schritt, den sie sich von dem Gang, der zu den Waschräumen führte, entfernte, fühlte sie sich etwas besser. Unwillkürlich ging ihre Hand an ihren nackten Hals und sie dachte an Inera, die hoffentlich mehr Glück bei ihrer Suche hatte. Vielleicht konnte Nejhalania Donna so lange aus dem Weg gehen, bis das Collier wiedergefunden worden wäre.

Die Dekanin der Universität wartete neben einem der Vorhänge, die im Licht der Kerzenleuchter golden glänzten.

Zwei Schritte vor ihr blieb Nejhalania stehen und neigte den Kopf. »Magistra von Wolkenbruch. Es überrascht mich, Euch in dieser Runde anzutreffen.«

»Dasselbe könnte ich zu Euch sagen, Lauda Winterwind. Solltet Ihr nicht über Euren Büchern brüten? Immerhin seid Ihr Lichtburgs Hoffnung auf eine neue Magistra.« Die Dekanin lächelte. »Aber lasst Euch dadurch bitte nicht unter Druck setzen.«

Mit Druck konnte Nejhalania durchaus umgehen, sonst wäre sie wohl kaum so weit gekommen. Sie hatte andere Probleme. Wieder ließ sie ihren Blick unauffällig durch den Raum gleiten.

»Ich bin nur hier, um der Musik zu lauschen«, fuhr die Dekanin fort. »Zudem schadet es nicht, sich von Zeit zu Zeit in den Horst des Adlers zu begeben.«

Nejhalania setzte zu einer Antwort an, doch ihr blieben die Worte im Hals stecken. Donna hatte soeben den Raum betreten. Ihre Großmutter presste die Lippen zu einer schmalen Linie zusammen und sah sich um.

Nejhalania konnte gerade noch den Impuls unterdrücken, sich hinter dem Vorhang zu verstecken. Lathra musste ihr Zusammenzucken wohl bemerkt haben. Sie neigte den Kopf. »Eure

Großmutter gleicht einer Naturgewalt, trotz ihres fortgeschrittenen Alters.«

Wenn man ihr ihre Gefühle so deutlich ansah, musste Nejhalania wohl an ihrem neutralen Gesichtsausdruck arbeiten. Sie nahm einen großen Schluck aus ihrem Weinglas, drückte den Rücken durch und lächelte.»Sie ist eine echte Lichtburgerin, durch und durch.«

»Wahrlich, das ist sie«, stimmte die Dekanin ihr zu. Dabei wirkte der Blick aus ihren Augen irgendwie mitleidig. »Ein großartiges Vorbild für einen jungen Menschen, doch man muss achtgeben, nicht überrollt zu werden.«

Nejhalania nickte, während ihre Gedanken rasten. Sie brauchte eine Fluchtmöglichkeit, und zwar schnell! Leider konnte sie die Älteste nicht einfach stehen lassen, das wäre unhöflich gewesen. Aber das war auch gar nicht nötig. Lathra drehte sich und platzierte sich zwischen Nejhalania und Donna.

Nejhalania seufzte erleichtert.»An den meisten Tagen reicht es schon, ein wenig Schutz vor dem Regen zu haben.«

Lathra hob ihr Glas, und sie stießen an.

Eine Glocke läutete, gleichzeitig öffnete sich die große Flügeltür am Ende des Saals.»Ah, das Konzert beginnt. Ich bin sicher, Yanar hat mir einen

Platz in der ersten Reihe gesichert. Wollt Ihr euch zu mir gesellen, Lauda?«

Nejhalania schüttelte den Kopf, obwohl es unziemlich war, die Einladung einer Höhergestellten einfach auszuschlagen. Allerdings war Nejhalania sich sicher, dass Lathra ihr das nicht übel nehmen würde. »Ich denke, ich werde die Vorführung von weiter hinten genießen. Aber danke.«

Nach einem kurzen Abschied rauschte die Älteste zusammen mit den anderen Gästen in das Nebenzimmer, in dem mehrere Stuhlreihen vor einer kleinen Bühne aufgebaut waren.

Tatsächlich platzierten sich die anwesenden Ältesten mit den Abgeordneten in den vorderen Reihen, zusammen mit Donna.

Nejhalania ließ sich zurückfallen und setzte sich ganz nach hinten, nahe dem Ausgang. So konnte sie am Ende des Abends schnell hinaushuschen und hoffentlich ihrer Großmutter entgehen.

Von ihrem Platz aus waren die Musiker kaum zu sehen. Nur der Kopf der Harfe ragte weit genug auf, um die vergoldete Schnitzerei erkennen zu können. Das Rascheln von Federn und das Flüstern im Saal erstarb, und ein glockenheller Flötenton schwoll an. Er vermischte sich mit den weichen Tönen der Harfe. Eine traurige Weise schwebte durch den Saal. Nejhalania senkte den Blick auf ihre Hände, die sie im Schoß gefaltet hielt. Obwohl sie sich an der schmalen Stuhllehne, hinter der sie die Flügel eng am Rücken angezogen hielt, anlehnen konnte und das Polster üppig und weich war, schaffte sie es kaum, still zu halten. Aber ständiges Herumrutschen würde auffallen, also ließ sie es bleiben.

Eine hohe Frauenstimme gesellte sich zur Melodie und schon nach wenigen Zeilen stieg ein Tenor mit ein. Ihre Worte erzählten von einer Zeit, als das Himmelsvolk in einem goldenen Zeitalter gelebt hatte, goldener als das Jetzige, wenn man der Erzählung glauben wollte. Und der Abstieg hatte mit der Gründung der Hauptstadt tief unter ihnen begonnen.

Kniend im Schmutz

bückt sie sich unter die goldene Sonne,

trägt sie auf breiten Schultern.

Schwingen spenden Schatten,

Schwingen schützen vor Hunger und Sturm.

Doch Sicherheit genügt ihr nicht,

sie richtet sich auf,

der Sonne entgegen,

packt mit groben Händen Federn und Licht.

Die goldene Sonne erlischt.

Wolken, Regen, Nebel.

Dunkelheit bringt sie, die sich erhebt.

Dunkelheit bringt sie, die steht.

Krönt die eisige Sonne und nennt es Macht.

Die Gründung Vierlebens, zusammen mit dem Aufstieg der Eismonarchen als Herrscher über ganz Ahrcárra, wurde seit jeher als der Beginn des Abstiegs Lichtburgs gesehen. Auch wenn die wirtschaftliche Entwicklung eine ganz andere Geschichte erzählte. Der Rat der vier Völker und die damit einhergehenden Mitbestimmungsrechte der Bodengebundenen in der Landespolitik waren vielen Lichtburgern, allen voran der Lichtgruppe, ein Dorn im Auge.

Nejhalania sah in die verzückten Gesichter der anderen Gäste, die dem Lied lauschten. Es erzählte von einer Zeit, in der die goldene Sonne, als Teil des Wappens Lichtburgs, wieder aufgehen würde …

Nejhalania musste an sich halten, damit ihr nicht die Augen zufielen. Der Wein lag ihr schwer im Magen, und die Aufregung des Tages lastete auf ihren Schultern. Eigentlich wollte sie nur noch in ihr Bett, die Zimmertüre verschließen und das Fenster einen Spaltbreit öffnen. Vielleicht würde

Jonos ja ihrer Einladung folgen und ihr einige unbeschwerte Stunden verschaffen.

Die Musik endete, und Applaus toste durch den Saal. Die meisten der Gäste erhoben sich, um den Musikern stehend Tribut zu zollen. Nejhalania erhob sich ebenfalls. Donnas graue Frisur blitzte zwischen den Zuschauern auf. Langsam, ohne sich umzudrehen, ging Nejhalania Richtung Ausgang des Konzertsaals. Sie würde Yanar Nebellicht in einem Brief für die Einladung danken und zu dem gelungenen Konzert beglückwünschen. Damit wäre der Höflichkeit Genüge getan, vor allem, da Yanar ohnehin als schwer zu beleidigen galt.

Im Salon herrschte noch Stille, nur der Applaus und die Gesprächsfetzen aus dem Saal trieben durch die offenen Türen. Nejhalania drehte sich um und ging schneller. Fast geschafft. Ein Diener musterte sie mit in Falten gelegter Stirn, öffnete aber die Tür, um sie hinauszulassen.

Kühle Nachtluft schlug ihr entgegen. Es roch nach Regen. Nejhalanias Sandalen klatschten auf dem Marmor des Landebalkons, und sie hob den Talar, damit der Saum nicht nass wurde. Geschafft!

Erleichterung schüttelte sie. Wenn sie jetzt noch ungestört nach Hause fliegen konnte, wäre sie vorerst in Sicherheit. Zumindest bis zum Frühstück am nächsten Morgen. Nejhalania breitete

die schwarzen Schwingen aus. Eine weitere Nacht Zeit für die Suche. Mit ein wenig Glück würde die Stadtwache …

»Es ist unziemlich, sich ohne Dank an den Gastgeber von einem Fest zu verabschieden, Kind.« Donnas trockene Stimme nahm Nejhalania den Wind aus den Schwingen.

UNERWARTETE MACHT

Nejhalania sackte in sich zusammen, fasste sich aber sofort wieder und richtete sich auf. Schnell zog sie den Kragen des Talars höher. Es war dunkel. Es musste einfach dunkel genug sein.

»Großmutter.« Zögerlich drehte sie sich um und neigte den Kopf in einer angedeuteten Verbeugung.

Donna stand da, in ihrer fleischgewordenen Perfektion, mit den elegant gefalteten Schwingen, den faltenlos liegendem Talar und der makellosen Frisur, und musterte sie mit einem kalten Funkeln in den Augen. »Wieso werde ich das Gefühl nicht los, dass du schon den gesamten Abend versuchst, mir aus dem Weg zu gehen?« Sie klang ruhig, beherrscht. Doch das hatte nichts zu bedeuten.

Nejhalania wollte zurückweichen, zwang sich aber dazu, stehen zu bleiben. »O nein, Großmutter. Wieso sollte ich?« Ihre Flügel zitterten leicht, sie konnte es einfach nicht unterdrücken. Sie waren allein auf dem Landebalkon. Die anderen Gäste befanden sich noch im Salon, tranken, beglückwünschten Yanar, die Musikanten und sich selbst. Selbst der Diener am Eingang war verschwunden.

Nejhalania hätte wegfliegen können, der ganze Himmel stand ihr in ihrem Rücken offen. Und doch gab es keine Möglichkeit zur Flucht. Ihre Großmutter hielt sie fest, mit unsichtbaren Fesseln aus Blut und Angst.

»I...ich habe auf dem Jahrmarkt nur die Zeit vergessen und kam leider etwas spät zu dem Konzert. Ich wollte niemanden stören, deswegen habe ich mich zurückgehalten.« Es war besser, einen kleinen Fehler zuzugeben, um einen größeren zu verschleiern. Diese Taktik hatte sie schon des Öfteren vor dem tosenden Sturm gerettet.

Donna lächelte ein freudloses Lächeln. »So? Aber du hattest offenbar noch Zeit, dich umzuziehen.« Sie kam einen Schritt auf Nejhalania zu und streckte die Hand nach ihrem Talar aus. Jetzt wich Nejhalania doch noch zurück.

»Wieso trägst du nicht die Sachen, die ich für dich ausgewählt hatte?«

Donna erwartete eine Antwort. Sie verlangte sie und würde kein Ausweichen dulden.

»I…ich …« Nejhalania wusste keine Erklärung, ihr Geist war wie leer gefegt. Hinter ihr endete der Balkon ohne ein Geländer. Der Boden Lichtburgs verschwand in der Dunkelheit, sodass sich dort nur ein tiefschwarzer Abgrund auftat.

Nejhalania schluckte, ihre Lippen waren auf einmal ganz trocken. Tausend wertlose Worte verstopften ihr die Kehle.

Donna packte ihren Talar am Kragen und zerrte ihn auf. »Wo ist es?«, fragte sie kalt und klang dabei alles andere als überrascht.

Nejhalanias Kinn bebte. »Weg.« Sie hasste es, wie klein und unbedeutend ihre Stimme sich anhörte, doch in Donnas Händen war sie nichts anderes als ein Instrument, eines das erst noch richtig gestimmt werden musste. Egal, wer sie sonst war. Lauda … Magistra … würde das überhaupt jemals eine Rolle spielen?

»Weg?«, hakte Donna nach, und die Falten auf ihrer Stirn vertieften sich.

Nejhalania senkte den Blick. »Es wurde entweder gestohlen oder ging auf dem Gründungsfest verloren. Der Verschluss hat nicht richtig geschlossen …«

Donnas Hand löste sich aus Nejhalanias Talar. Dann holte sie aus und schlug ihr die flache Hand mitten ins Gesicht. Nejhalania taumelte zur Seite.

Sie erwartete einen weiteren Schlag, mehr Wut, Schmerz. Aber nichts davon kam. Stattdessen steckte Donna die Hände in den weiten Ärmeln ihres Mantels zusammen. So blieb sie stehen und starrte Nejhalania in den Boden.

»Die Stadtwache wurde informiert. Ich habe Zeichnungen von dem Collier anfertigen lassen … Wir werden es wiederfinden«, stammelte Nejhalania, alles, um die bedrohliche Stille zu füllen. Die Ruhe vor dem Sturm? Donnas Reaktionslosigkeit trieb ihr den Schweiß auf die Stirn. Ihre Großmutter stand nur da … und lächelte.

»Gut«, sagte sie.

Nejhalania blinzelte verwirrt. »Gut?«

»Zeichnungen und eine groß angelegte Suche. Landesweit hoffe ich.«

»Ja«, stotterte Nejhalania und rieb sich verwirrt die Wange. Sie hatte Wut erwartet, haltlose Wut über den Verlust des kostbaren Schmuckstücks. Einen Orkan, der auf sie niedergehen würde. Aber Donna stand nur da und lächelte wissend. »Du … du bist nicht wütend?«

Donna lachte auf. Ein kalter Klang. »Kind«, sagte sie. »Du hast noch viel zu lernen, bevor du bereit bist, auf dem Wind unter meinen Flügeln zu fliegen.«

»Ich verstehe nicht.«

»Ganz offensichtlich tust du das nicht.« Donna presste die Lippen zusammen. »Glaubst du wirklich, ich hätte das nicht kommen sehen?« In ihren Augen blitzte es gefährlich. »Nie im Leben wäre ich töricht genug, dich ohne Geleitschutz mit so einem Schmuckstück in diese Stadt voller Gesindel, Gefallener und Gestutzter zu schicken, wenn ich nicht eingeplant hätte, dass so etwas geschieht.«

Nejhalania konnte nicht viel mehr tun, als zu blinzeln und den Mund wieder zu schließen, um nicht wie ein Trottel dazustehen. »Geplant?«

Donna trat an den Rand des Landebalkons und ließ den Blick in die Dunkelheit zu ihren Füßen schweifen. »Eine landesweite Suche wird dazu führen, dass jeder noch so wertlose Kriecher von meiner Kollektion erfährt«, erklärte sie. »Jeder wird danach suchen. Jeder wird dieses Collier besitzen wollen. Es wird in aller Munde sein.« Donna packte Nejhalanias Arm und zerrte sie an ihre Seite. Der Atem ihrer Großmutter streifte Nejhalanias Wange. »Negative Nachrichten wecken Interesse«, flüsterte sie. »Und sind die Menschen an dir interessiert, gibt dir das Macht über sie. Lerne das für dich zu nutzen.«

Nejhalania starrte in die Dunkelheit zu ihren Füßen und wagte es nicht, ihren Arm aus Donnas Klammergriff zu befreien, egal wie sehr es schmerzte. Es war also eine Lektion gewesen,

kein Test und keine Falle, die Donna ihr gestellt hatte. Eine Lektion, die sie sicherlich nicht so schnell vergessen würde.

ENDE?

NEIN, DENN DIE GESCHICHTE UM NEJHALANIA, SQUAN, ETHARA, DERK UND KHANAY HAT NOCH NICHT EINMAL BEGONNEN.

AUF EIN WIEDERSEHEN IN AHRCÁRRA!

○

DANKSAGUNG

Wo fange ich da an?

Vielleicht erst einmal bei denen, die für mein Projekt Ahrcárra am meisten leiden müssen: die Charaktere!

Ich danke Nejhalania, weil sie mir nach Jahren der Plotbastelei zu verstehen gegeben hat, dass sie nicht das unsichere, schüchterne und ängstliche Mädchen ist, zu dem ich sie ursprünglich machen wollte. Erst nachdem ich ihr eine kühle, distanzierte und überlegene Art zugestanden habe, hat die Geschichte wirklich angefangen zu funktionieren.

Auch Squan muss ich danken, denn der eigentlich schlagfertige, selbstbewusste und schlitzohrige Dieb hat einfach nicht in die Gruppe gepasst. Jetzt ist er zwar immer noch schlagfertig, aber meistens nur in seinen Gedanken und wenn mal wieder was in seinem Leben nicht hinhaut, geht er es in Schnaps ertränken ... oder in Tränen.

Ich danke auch Khanay, die die vier Elemente komplett macht und sich dann, in der Hauptreihe, als TestleserInnenliebling entpuppt hat.

Ethara, dir danke ich, denn ohne dich wäre mein Biologiestudium ja quasi umsonst gewesen. xD

Und natürlich darf ich Derk nicht vergessen. Der Halunke, der eigentlich nur dazu da war Nej zu ärgern und dann sterben sollte … Aber nein, der gewiefte Nebencharakter hat sich einfach mal als vierter zum Trio Infernale gesellt, als gleichwertiger Charakter, und dabei schon das ein oder andere Testleserinnenherz gestohlen.

Aber natürlich gibt es auch so einige reale Menschen, denen ich an dieser Stelle danken möchte.

Als allerersten möchte ich da meinen Mann Matthias erwähnen. Schon als Projekt Ahrcárra noch in den viel zu engen Kinderschuhen gesteckt hat, war er mein erster Leser. Er ist nie schüchtern, wenn es um Kritik geht ;) Dafür ärgere ich ihn mit seitenweise Unausgegorenem und Unbearbeitetem, das er dann zig (hunderte) Male lesen darf. Bis wir zufrieden damit sind. Dabei geht ihm nie die Geduld aus, er stellt Fragen, die anderen gar nicht einfallen:

»Woher haben Nejs Eltern eigentlich ihr Haus?«

»Äh … selbstgebaut?«

»Sowas können die?«

»…«

Und damit hat er nicht unerheblich zum detaillierten Weltenbau von Ahrcárra beigetragen. Danke, ohne dich wäre meine Welt nicht die Selbe!

Auch meinen unermüdlichen Testlesenden möchte ich gerne danken.

Denen für die Hauptgeschichte, denn ohne euch wäre auch dieser Kurzgeschichtenband nicht entstanden. Ohne eure positiven Rückmeldungen, eure Begeisterung und eure Neugier auf die Geschichte hätte ich wohl nicht den Mut gefunden, tatsächlich ans Veröffentlichen zu denken. Also Danke lieber Jérémie, lieber Jochen (Jokken), liebe Lina, liebe Ilona und liebe Elvira! Keine Sorge, Teil 3 kommt bald ☺

Für diesen Kurzgeschichtenband habe ich mich allerdings bewusst für »unverbrauchte« TestleserInnen entschieden, die die Hauptgeschichte und die Charaktere noch nicht kannten. Und auch euch bin ich unendlich dankbar, für euer professionelles Feedback, eure lobenden Worte und dafür, dass ihr mir bestätigt habt, dass mein Geschreibsel tatsächlich langsam mal raus muss aus der digitalen Schublade. Danke Elin, Allegra und Zoe!

Natürlich möchte ich auch noch meiner tollen, engagierten Lektorin Bjela danken, ohne die dieses Büchlein nicht so geworden wäre, wie es jetzt ist. Ich glaube, sie hat jeden Satz nicht nur unter die Lupe genommen, sondern in seine Moleküle auf-

gelöst und das Beste aus jedem Wort herausgeholt. Und dafür bin ich dir unendlich dankbar, das war genau das, was die Geschichte gebraucht hat, und ich auch.

Und zum Schluss danke ich dir, liebe/r LeserIn. Genau dafür hab ich diese Geschichten geschrieben, damit sie gelesen werden!

ÜBER DIE AUTORIN

Martina Volnhals wurde 1986 geboren und lebt mit Mann, Tochter und zwei Katzen in der Nähe von München.

Eine rege Fantasie zu haben, wurde ihr schon früh unterstellt, vermutlich, weil sie sich gern aus dem alltäglichen Einerlei in fremde Welten träumte. Als das Träumen nicht mehr reichte, begann sie einen Stift in die Hand zu nehmen und zu schreiben. Und da das Schreiben allein nur halb so viel Spaß macht, ist sie 2020 in den Chronistenturm eingezogen.

Neben dem Schreiben ist Martina stolze Besitzerin einer ausufernden Sammlung fantastischer Literatur. Um auch hin und wieder mal Zeit im Freien zu verbringen, ist sie zudem leidenschaftliche Bogenschützin und besucht gerne Mittelaltermärkte.

UNTERSTÜTZE DEINE LIEBLINGSAUTORINNEN!

Hast du gewusst, dass die meisten AutorInnen weit unter dem Mindestlohn verdienen? Für viele reichen die Einnahmen aus ihren Geschichten und Büchern nicht einmal für eine regelmäßige warme Mahlzeit und das ist keine Übertreibung, sondern die schlichte Realität. Auch gilt das nicht nur für SelfpublisherInnen sondern auch für VerlagsautorInnen.

So leben die meisten Schreibenden von ihrem »Brotjob« und opfern ihre Freizeit neben Familie und Alltag ihren Geschichten. Um mehr schreiben und damit auch mehr veröffentlichen zu können, müssten sie mehr Bücher verkaufen. Und da kommen die Lesenden, also auch du, ins Spiel. Natürlich kaufst du die Bücher deiner LieblingsautorInnen, aber was kannst du darüber hinaus tun, um es den Schreibenden etwas leichter zu machen?

Schreibe Rezensionen auf den üblichen Plattformen (z.B. auf Amazon). Erzähle von dem Roman, der dir zuletzt schlaflose Nächte bereitet hat. Erzähle auch dem/der AutorIn davon, denn oft reicht schon ein kleines Lob, um uns die Kraft zu geben trotz der widrigen Umstände für Kunstschaffende weiterzumachen.

Denn dafür schreiben wir: Für dich, damit unsere Geschichten gelesen werden.

CHRONISTENTURM

Du liebst High Fantasy und möchtest deutsch-
sprachige AutorInnen unterstützen? Dann schau
doch mal beim Chronistenturm vorbei!

Instagram: @chronistenturm
https://www.elinnelier.com/chronistenturm